アメリカ帰りのウザかわ幼なじみが今日も俺を踊らせてくる2

六海刻羽
illustration こむぴ

「ははははっ、喰らうがいい乃羽！」
星南

乃羽
「ふざっ！　このっ、待っ、体力減り過ぎでしょ!?」

「どうだいルーくん、髪型なんかも整えてもらったのだが」
優月《ゆづき》・アーリング星蘭《せいら》
流斗の幼なじみで小学生のころアメリカに引っ越したが、
美少女となって帰国しホームステイで同居している。

「ふんっ、あんまりジロジロ見られるのは
好きじゃないけど今だけは許してあげるわ」
黒《くろ》咲《さき》乃《の》羽《わ》
中学時代に流斗とダンスのペアを組んでおり、
今もダンスに打ち込むクラスメイト。

では乃羽、さっそく私の胸を好きにしてくれ
あたしが揉むの？別に興味ないけど

ぎゅむう。
うわ、なにこれ……。
柔らかいのはそうなんだけど、
ただ柔らかいだけじゃなくて、
肌の滑らかさっていうか、
手のひらに吸い付く温かさっていうか、
そういういろいろな要素が合わさって、
気持ちいいって感触が
ダイレクトにあたしの手に
伝わってくる。

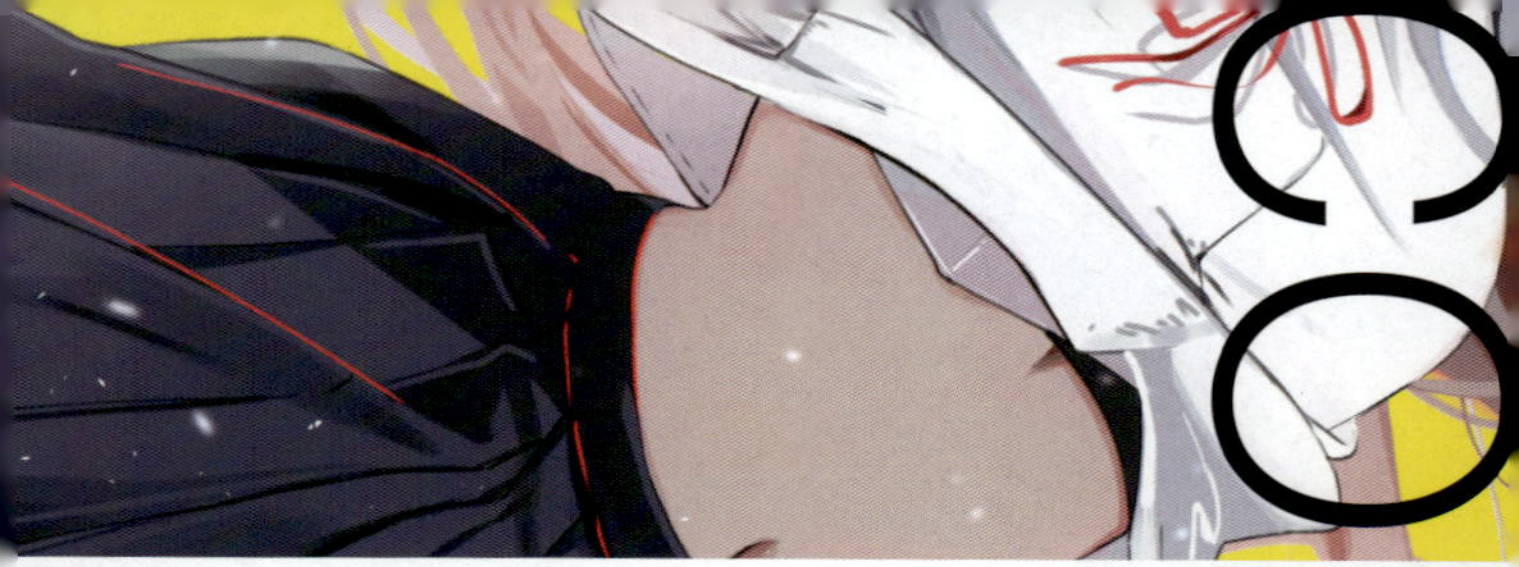

CONTENTS

イラスト／こむぴ

デザイン／木村デザイン・ラボ

アメリカ帰りのウザかわ幼なじみが今日も俺を踊らせてくる 2

My cute and annoying childhood friend from America is making me dance again today.

六海刻羽
illustration こむぴ

序章　ひとりぼっちのエトワール

memory of black feather Ⅰ

My cute and annoying childhood friend from America is making me dance again today.

三歳から続けていたバレエを辞めた。

別に怪我《けが》をしただとか踊るのが嫌いになったとか、そういう理由じゃない。

簡単に言えば人間関係。所属していたバレエ団のみんなと、あたしの向いている方向が違ったっていう、ただそれだけの話。

熱量っていうのかな？　あたしとみんなとでは、バレエに対する本気度が違ったんだ。

あたしは誰にも負けたくなかった。一番になりたかった。それはコンクールでもそうだし、同じバレエ団の仲間の中でも一番上手《うま》く踊れるようになりたかった。そういう気持ちであたしはバレエと向き合っていたし、そのための練習もたくさんした。

努力は裏切らないって言葉を信じているわけじゃないけど、あたしにはきちんと練習量を技術に反映するだけのセンスがあったみたい。

小学六年生のとき、あたしはエトワールに選ばれた。

これは本当の意味のエトワールとは違う。正式なエトワールっていうのはパリ・オペラ座バレエ団で最高位のバレエダンサーに与えられる称号のことだ。

あたしたちのバレエ団はそれにちなんで、団の中で一番上手く踊れる子に先生がエトワールの称号を与えるの。要するにバレエ団の主役。コンクールとかでも中心で踊って、課題曲によってヴァリエーション——ソロパートなんかも任せられる花形の役割だ。

嬉《うれ》しかった。

バレエはやっぱり明確な数字で記録が出るものではないから、自分が上手くなっているのか不安になるときがたくさんあった。あたしの練習は間違っていないかな、この方向に進んでいても大丈夫かなって、道に迷いそうになったことが何度もあった。

だから、嬉しかった。

あたしの努力は間違ってなんかないよって。

積み重ねた努力の分だけ、あたしは上手に踊れるようになっているんだって。

間違いなく自分は前に進んでいるんだって——そう、教えてもらえた気がしたから。


そして、どうしようもなく手遅れになってから気づくことがある。

あたしがエトワールに選ばれた次の日。

あたし以外の六年生がバレエ団を抜けた。

仲が良かった子も、よくデュオを組んでいた子も、練習をサボりがちだった子も、関係なく、区別なく、何の前触れもなく……。

いやきっと、前触れはあったんだと思う。

だけどあたしは自分のことしか見ていなかったから。

後ろなんか振り返らず、前しか見ていなかったから、気づくことができなかった。

辞めた子の中で一番仲が良かった子に聞いた。

いや、あたしが勝手に仲がいいと思い込んでいた子に、どうしてって尋ねた。

その子は言った。

——乃羽《のわ》ちゃんはすごいから、わたしじゃついていけないよ。

別に冷たく突き放すような言葉じゃなかった。むしろ応援すらしてくれていた。乃羽ちゃんはきっとすごいバレリーナになるから。だから頑張ってねって、肩を叩《たた》かれた。

なんだそれ、って思った。

勝手に見限らないでよ。そう思ったんなら口にしてよ。あたしは不器用だからさ、察するとかできないんだよ。一方的に評価を押し付けないでよ。自分だけで満足しないでよ。ついていけないって諦めるよりも、勝手に憧れの対象にするよりも、届かない場所だって見上げながら距離を取るよりも、まずはあたしの声を聞いてよ。

ねえ、嫌だよ。

ひとりぼっちは、嫌だよ。


それからしばらくして、あたしもバレエを辞めた。

別にバレエのことが嫌いになったわけじゃない。みんなが辞めてからも練習は頑張った。バレエ団には他の学年の子たちもいたし、自分はエトワールなんだからみんなのために頑張んなきゃって言い聞かせて踊り続けた。

でも、無理だった。

どんなに一生懸命に踊っても、あたしの心はひとりだった。

隣で一緒に踊っている子を仲間だと思えなくなっちゃった。またそのうちどこかへと行っちゃうんじゃないかって、不安の方が大きくなってしまった。

だから、バレエを辞めた。

笑顔の作り方を、バレエの楽しみ方を、忘れちゃったから。

ひとりぼっちのエトワールは、空への羽ばたき方を忘れちゃったから。

第一章 踊り続ける日々であれ

My cute and annoying childhood friend from America is making me dance again today.

　俺と星蘭《せいら》の物語は大臀筋《だいでんきん》を蹴り合うところから再出発した。

　何を言っているんだと思われても仕方がないし、俺個人としても認めたくはないが訂正はない。アメリカ帰りの幼馴染《おさなじみ》との再会は衝撃的でこそあれ、ドラマチックとは程遠い、互いの尻を蹴り合っての警察沙汰という意味のわからないものだった。

　ホームステイで日本へとやってきたらしい星蘭は俺の家で一緒に住むことになり、夏休みの間はモデルの仕事にコスプレイベントと、いろいろなところに連れ回された。俺も久しぶりの幼馴染と過ごす時間を楽しんではいたのだが……星蘭の本当の目的は、俺がもう一度ダンスを踊るためのきっかけを作ることだった。

　まんまとそれに踊らされて……って言い方はどうかと思うが、おかげで俺は自分の気持ちに気づくことができ、辞めていたダンスを取り戻すことができた。

　そして、物語の最後に別れは付きもの。

　ホームステイを終えた星蘭を空港まで見送り、昔みたいに再会の約束をしてから、去っていくその背中を寂しげに見送る……と。

　そんな感じの結末を予想していて、実際にその直前までいった俺たちだけど、このウザい幼馴染にありきたりやお約束みたいなよくある展開を期待したのが馬鹿だった。

数ヶ月だけのはずだったホームステイは星蘭が高校を卒業するまでに延長。今日も舞織《まいおり》家では、アニメを見てけらけらと笑うアメリカ帰りの幼馴染の姿がある。

出会いから別れまで、どこまでいってもドラマチックにはなれない星蘭との毎日に思わないことがないでもないが……まあいっかと不満を呑《の》みこむ。星蘭との生活が日常に溶け込んでいる、この時間を楽しいと思っている自分がいることも確かだから。

ダンスは取り戻した。星蘭との時間も取り戻した。

あとはもう、この当たり前を守るために日々を踊ろう。

俺たちの物語を、涙で濡《ぬ》らすような結末にはしたくないから。

＊＊＊

さて、星蘭がびっしょりと濡れていた。

「なんでだよ」

玄関。白のブラウスに色味の濃いロングスカートという格好の星蘭が全身隅々まで濡れそぼっていた。シャワーを浴びた後みたいに髪は重く垂れ、身体《からだ》から滴る水滴が足元にちょっとした水溜《みずたま》りを作っている。俺のお気に入りのスニーカーがぐっしょりと浸水して

いて、ちょっとだけ心がモヤっとなった。

「ああいや、突然の大雨にやられてね。夕立と呼ぶには季節が遅く、秋雨と呼ぶには雨脚が強かった。さしずめ、秋時雨といったところかな？」

「いやまあ、呼び方は何でもいいけどよ」

「安心したまえ。イベントショップ限定販売『魔法少女イズム・ド・ウィッチ』アントマーヌ号カジノ潜入編、イズム・ブローディア、バニースタイル、1／10スケール完成品プレミアムフィギュアは濡れずに持ち帰ることに成功した」

「よくそんなスラスラと言えるな」

「ふふっ、正式名称の暗記は作品ファンに課せられた使命さ。本当に好きなものであれば名前を間違えるはずもないからね。これこそがオタクの愛と勇気の転売対策だ」

「愛はともかく勇気の出番どこだよ」

　俺の指摘はどこ吹く風と受け流し、星蘭はスカートをぺろんとめくり、その中からフィギュアの入った箱を取り出した。いや、どこから取り出してんの？

「さぁて、どこに飾ってやろうか。やはりバニーなら下からお尻を見上げるように観察したい。となれば神棚の上段……いやしかし、今の配置を考えると――」

　にへらと頬を緩めてフィギュアを見つめる星蘭。もし身体が濡れてなければ頬ずりでもしかねない勢いだ。俺が好きな、好きなことに全力なときの星蘭の瞳……。

だけど今だけはその笑顔に見惚《みと》れるわけにはいかない。渋く歪《ゆが》んだ顔で星蘭のことをジトっと睨《にら》むと、アメリカ帰りの幼馴染はキョトンと目を丸くした。

「ルーくん？　どうしてそんな顔を……あっ」

俺の表情に何かを察したのだろう、星蘭はそこで足元に視線を落とした。

気づいたのは、自分が持ち込んだ雨で俺のスニーカーをぐっしょりと濡らしているという事実。スニーカー集めは俺の趣味のひとつ。今まさに星蘭が濡らしている一足はネットの抽選で当てた限定品だった。

「す、すまない、ルーくん！　これは私があとで洗って乾かしておくから！」

俺が不機嫌な理由をそう解釈した星蘭は途端に慌て始める。

コレクション癖のある星蘭だからこそ、人様のコレクションを台無しにしてしまったことに責任を感じているようだ。珍しくわたわたと視線を彷徨《さまよ》わせ、意味もない困惑の仕草を繰り返している。濡れた毛先からピッと水滴が飛んでいた。

「あのなぁ」

それをしばらく見つめたあと、俺は両手で星蘭のほっぺたをぐにっと引っ張った。

「うひゃ？」

「女の子が雨に打たれて帰るなんて危ないことすんなよ」

マシュマロのように柔らかい星蘭のほっぺた。その感触を楽しむ余裕はない。だって、秋の雨にやられた星蘭の肌はひんやりするくらい冷たかったから。

「フィギュアが濡れるよりもスニーカーが台無しになるよりも、お前が風邪を引いちまう方が俺は嫌だよ。もっと自分を大切にしろ」

「…………………ふぎゅー」

頬を赤くした星蘭が、じっと俺を見つめてくる。

至近距離で絡め合う視線は少しだけ恥ずかしい。だけど目は逸《そ》らさない。心配させないで欲しいと、ありったけの気持ちを繋《つな》がった瞳に伝える。

「次があったら今度はちゃんとどっかで雨宿りしとけ。連絡くれれば傘くらい持ってってやるから」

「……うん、ごめんね、ルーくん。次からはそうする」

「わかればいい」

ぴしゃんっと頬を打ってから、ほっぺたを伸ばしていた手を離す。淡く色づいた頬を押さえる星蘭は俺を見上げながらふわりと微笑《ほほえ》んだ。俺の言葉が届いてくれたと、そう思わせてくれる自然な笑みにひとまず胸を撫《な》で下ろす。

だというのに——いや、だからこそか。気持ちがひとつ整理されたからこそ、今まで目を逸らしていたもうひとつの問題が浮き彫りとなった。

「…………………あー」

「ルーくん？」

引き攣《つ》った顔を逸らす俺を見て、星蘭がこてんっと首を傾《かし》げる。

横目でチラリと確認するが、やはり星蘭は自分の現状に気づいていないらしい。

気まずい視線の先にいるのは全身をびっしょりと濡らした美少女。ブラウスが透けて、その先にはうっすらと赤い下着の輪郭が滲《にじ》んでいた。濡れた髪を掻《か》き上げる仕草も相まって、雨の匂いに混じった甘い香りが俺の本能のよくないところを刺激してくる。

「…………早くシャワー浴びてこい」

「そのつもりだが、何をそんな顔を赤くさせているんだい？」

「別に何でもねえ」

「耳まで真っ赤だよ？」

「そういう日もあるだろ」

「どうだろう。私にはとんと機会がないが」

「……あれだよ。さっきまでお前が薦めてくれたアニメを見てたからな。バトルシーンが格好良くて、それで興奮してたから顔も赤く――」

「別に幼馴染の雨に透けた下着を見てしまったくらいで照れなくてもいいではないか。ルーくんだったら私は構わないよ？」

俺の言い訳に被《かぶ》せる形で、星蘭がすっとぼけたようにそう言った。

先ほどまでのしおらしい態度はどこへやら、今はその顔ににやりとしたウザい笑みが貼り付いている。ちくしょう、全部バレてた。

「……お前」

「ふふっ、相変わらずルーくんはビックリするくらいに純情だな。今どき少年漫画ですらもっと過激な表現が使われているというのに」

「さっさと風呂入ってこい！」

「ははっ、そう怒らないでくれたまえ！」

靴をぽいぽーいと脱ぎ捨てた星蘭は逃げるように脱衣所へと飛び込んでいった。散らした水滴が廊下を濡らしていて……なんだろう、でっけぇナメクジが通った後みたいになっている。これって、あれか？　俺が拭かなきゃいけないやつか？

「……やるせねぇ」

湿ったような暗い呟《つぶや》きを濡れそぼった廊下に落とす。星蘭の尻拭いなんてもはや何度目か、仕方なく雑巾を取ってこようとして――。

「ルーくん、お風呂に入っている間に私の部屋から着替えを持ってきてくれないかい？」

脱衣所の中から、そんなお願いが飛んできた。

「……まあ、それくらい構わねぇけど」

「助かるよ。タンスの下から二段目にいつものパジャマが。それと四段目にある下着から好きなものを選んできてくれ」

「……おい、下着もか？」

「それはそうだろう。まさか私に男の子の家でノーパン健康法を試してもらいたいのか？……いや待て、ちょっとそれ楽しそうだな」

「妙なところに楽しさを見出《みいだ》すな。……その、あれだ、俺も一応、男なんだが」

「知っているけど？」

「そうは思えねぇから聞いてるんだよ」

「ルーくんだったらちょっとくらいクンクンしたって構わないよ？」

「するか馬鹿」

やり取りの最中にも星蘭が濡れた服を脱ぐ重たい音が聞こえてくる。人の想像力は逞《たくま》しいと言うべきか、見えていないからこそ扉越しに幼馴染の姿を妄想してしまい――。

「もしかしてルーくん、私の裸とか想像してドキドキしてる？」

「するわけねぇだろ」

声に動揺を漏らさなかった俺の自制心を誰か誉《ほ》めてくれ。

星蘭の予想とは別の意味でドキドキしていると、ついに浴室の扉が開く音が聞こえてしまう。さぁーっと響いてくる爽やかな水音に顔が熱くなった。つくづく思うが、星蘭は完全に俺の思春期をナメている。脱衣所に脱ぎ散らかした下着とかを忘れるのは本当にやめて欲しい。俺の紳士力でも試しているのだろうか。

「……あー、もう」

諦めたような呟きと共に頭をガリっと掻く。

俺がこのまま下着を調達しなければ、星蘭《せいら》は本当にノーパンでそこらをウロつくことになるだろう。……それは何というか、その、あれだ。あれだよ。

形容し難い感情を悶々《もんもん》と抱えたまま、その気持ちを誤魔化すように駆け足で二階に上がる。廊下の奥にある星蘭の部屋。フィギュアやタペストリーに溢《あふ》れたオタクな空間だというのにどことなく甘い香りがするのは、やはりここが女の子の部屋だからか。

「……」

妙に騒つく心には気づかないフリをして、部屋の角にあるタンスへと向かった。

躊躇《ちゆうちよ》がないと言えば嘘《うそ》になる。幼馴染《おさななじみ》の女の子の衣服、しかもその下着を漁《あさ》ろうというのだから、ここで何も思わないほど男をやめているつもりはない。

「………でも、仕方ねぇよな」

似たような呟きを免罪符のように繰り返す。自分に言い聞かせている気がしないでもないが、そうでもしなければここで二の足を踏み続けることになるだろう。

下から二段目を開けて見慣れた星条旗パジャマを回収してから問題の四段目を開く。意外にも綺麗《きれい》に整頓されていた下着たちに、その種類の多さも相まって俺の手は止まってしまった。子供っぽいパンプキン色のものや大人っぽいレース柄のデザインまで、その良《よ》し悪《あ》しなどわかるはずもないが、これらを星蘭が穿《は》いていたという妄想で顔に熱が集まってくるのがわかる。きっと鏡を見れば顔を真っ赤に染めた無様な男が映るはずだ。

「……これでいいか」

ふと目に留まった青色の下着を摑《つか》み取る。深い意味はない。花柄の刺繡《ししゅう》が綺麗で、星蘭によく似合いそうだなんて思ってない。ないったらない。

我ながら誰に対して言い訳をしているのかとツッコミを入れたくなるが、ともあれ、あとはこれらを脱衣所まで持っていけばミッションは完了だ。

ゴールが見えたおかげで気を持ち直し、俺は下着を握り締めながら振り返って――。

「さて、星蘭ちゃんが出かけてる間に部屋の掃除でも――」

そして、掃除機を持って部屋に入ってきた母さんと目が合った。

「……」「……」

ここで母さんの視点から状況を説明してみよう。

腹を痛めて産んだひとり息子が女の子の部屋で下着を物色していた。

――さあ、どうしよう。冷や汗が止まらねぇ。

「…………」

顔を真っ青にした俺を置き去りに、母さんは無表情のまま部屋の扉を閉めた。どうやら何も見なかったことにしたらしい。もしくは、女の子の下着を握り締めて冷や汗を垂らしている男の母親であることを認めたくなかったのかもしれない。

……後できちんと弁明しておこう。

頭の中にそんなタスクを書き込みながら、とりあえずは星蘭の着替えを脱衣所まで持っていこうと部屋を出たところで――。

「もしもし、パパ？　あのね、私、流斗《ると》の育て方を間違ったみたい……」

「おい待て、家族会議はまだ早いっ！」

涙目の母さんが廊下の端で電話口に懺悔《ざんげ》をしていた。相手は海外に出張中の父さん。このままでは俺の醜聞が海を渡って広まってしまう。

舞織《まいおり》家の平穏を守るためにも、俺は全力で母さんに身の潔白を主張するのであった。

＊＊＊

拝啓、海外に出張中の父さん。

秋冷のみぎり、いかがお過ごしでしょうか？

時候の挨拶は程々に、さっそく本題へ。

先日ありました母からの電話には不幸なすれ違いがあったことをここに報告します。

アメリカは自由の国と聞きますが、ウチにホームステイをしている留学生がどうもその性分を我が家に持ち込んできてしまったみたいで、毎日がトラブルに尽きません。

不幸なすれ違いというのもそのひとつ、具体的な内容につきましては俺の名誉と自尊心となけなしのプライドのために黙秘させていただきます。

安心してください、息子は健全です。

自分で言うのも何ですが学業については勤勉に、父さんが心配していたダンスも再び始めることができ、俺にはもったいないくらいの頼れる友達に囲まれながら、充実した学校生活を送っております。

だから、不安に思うことはありません。

息子は今日も元気に健全に、何の問題もなく日々を過ごしておりますので。

「さて、舞織。お前に停学処分の話があがってきている」

——とか思っていた時期が俺にもありました。

「……」

心の中で書き留めていた父さんへの手紙を情けない前言撤回で結びながら、俺は今の状況を確認する。むろん確認したところで目の前の問題がどうにかなるわけでもないが、心の整理のためにそうせざるを得なかった。

時間は放課後、場所は生活指導室。

広いとは言い難い室内は閉め切った窓や消えかかっている電灯のせいで妙な圧迫感を覚えた。いや、この居心地の悪さはそれらのみが原因ではないだろう。

「芸もなく黙っていても進展はないぞ。何か言ってみたらどうだ？」

机を挟んだ向かいの席には、一分の隙もなくスーツを着こなした女性教師。

俺のクラスの担任、八桜《やざくら》恋歌《れんか》先生が座っていた。

生徒たちの間で話題になるほどの美貌とスタイルの持ち主だが、美人という印象よりも厳格というイメージが先行する大人の女性。どこか挑発的に組まれた指のせいで、なんとなく『女王様』なんて言葉が頭の中に浮かんでくる。こちらを見つめる切れ長の瞳はまるで黒曜石のようだった。あれです。手で触ったら切れそうって意味です。

「……舞織、お前、何か失礼なことでも考えてるか？」

「滅相もないです」

八桜先生の言い当てに内心でドキリとしながらも平静を装う。なんだろう、最近俺の心を読む人が多過ぎる気がする。俺ってそんなにわかりやすい？

「まあいい、話を戻そう。停学の理由について思い当たることはあるか？」

「……文化祭のステージの件ですよね」

「自覚があって何より。反省とは、自分の過ちを認めるところから始まるものだからな」

瞳の輝きは鋭いまま八桜先生はそっと息を吐いた。

「文化祭での優月《ゆづき》のステージを乗っ取った。簡潔に言えば処分理由はこれに尽きる」

「……俺が言うのは違うかもしれないですけど、それで停学ってのは重くないですか？」

「原則として文化祭のステージに飛び入りは許可していない。パフォーマンスの内容は事前に生徒会とステージの担当教員に提出してもらい、そこで認められてはじめて決まるものだ。これは生徒が危ないことをしたり、自分たちでも気づいていない無自覚な禁止事項——例えば特定の誰かを傷つけるような発言や発表を防ぐためでもある」

「それは……」

「校則やルールは何もお前たちを縛るためにあるのではない。多少の不自由を呑《の》んでもらうことにはなるが、その本質はお前たちを守るためにある。何かが起きてからでは遅い。今回は何も問題なかったと受け流すつもりもない。生徒本人がその危険性を理解していないのなら、それを気づかせるのが教師の仕事であり、そのための指導だ」

理路整然とした説明。俺の苦し紛れのような反論にも八桜先生の答えは一貫していた。

ぐうの音も出ない。

俺たちはまだ子供だ。大人よりも見ている世界は狭く浅いし、自分の行動による不始末に対して責任を取れるような立場も力もない。

だからこそ学校は生徒たちを守るためにルールを敷いていて、俺は自らの意志でそれを破ってしまった。となれば罰せられることに文句を言うのは筋違いというものだろう。

「俺が勝手にやったことです。星蘭は関係ありません」

つまり、俺がこれからすることは簡単だ。

別に自己犠牲だなんてそんな高尚なものではない。事実、星蘭のステージを乗っ取ったのは俺が勝手にやったこと。その不始末に幼馴染を巻き込む必要はない。

もっと言えば星蘭は留学生という特殊な立場だ。

留学先で問題を起こせば、その留学自体を取り消されるなんて処分も想像に難くない。

つまりはホームステイの中止。アメリカへの帰国。

……それは嫌だ。

遠い日の記憶。幼い日の思い出。

俺の家の前でわんわんと泣いていた小さな女の子を思い出す。

あれをまた繰り返したくない。

あんな別れ方をするのは、もう絶対に嫌だ。

心が決まると、やるべきことも見えてくる。指導を受けるのは俺だけでいい。自分の中のスタンスをそう定め、挑むような思いで八桜先生へと向き直るが――。

「……ふふっ、やっぱり面白いな、お前は」

先生の浮かべる表情は、俺が思っていたどの反応とも違っていた。

控えめなリップの塗られた唇が笑みの形に緩んでいる。

「……先生？」

「ああ、すまない。お前が想像通りの反応をするものだから」

ぱたぱたと手を振る先生は、たぶん意図的に、纏《まと》う雰囲気の質を変えている。

氷が溶けた、とでも表現するべきだろうか？

どこか張り詰めていた表情が今は穏やかな笑みに変わっていて、その急激な態度の変化に俺は動揺を浮かべることしかできなかった。

「安心しろ、舞織。今回の件において私はお前の味方だ」

「……味方っていうと？」

「ルールを強要するのが教師の役目であることに変わりない……が、先生にだって、ルールを破ってでも生徒の我儘《わがまま》に寄り添いたくなるときもあるということだ」

「えっと……？」

「私も見ていたよ、ステージで踊るお前のことを」

八桜先生は取り出したタブレットを操作して、くるりとこちらに向けた。

画面に映っているのは俺が文化祭のステージを乗っ取った場面。蹲《うずくま》っている星蘭のもとに駆けつけて、俺がダンスを踊り始めるところだ。

「この顔を見ればわかる。お前が必死になっている理由の、その輪郭くらいなら私でも察することができる。詳しい事情はわからないが、優月を助けたかったんだろう？」

「いや、まあ、その……」

このとき星蘭《せいら》が怪我《けが》をしていたことは知らないはずだけど、八桜先生の声には何かしらの確信があるかのようだった。誤魔化すことができないと察した俺は、控えめに小さく頷《うなず》く。あのときは昂《たかぶ》ったテンションのままに動いていたので、こう改めてあの日のことを掘り返されると、何となく恥ずかしい気分になる。

そんな反応をどう思ったのか、八桜先生は「ふっ」と小さく笑みを漏らした。

「別に恥ずかしがることでもないだろう。好きな女の子を助けたい。なるほど、男の子が意地を張る理由としては充分じゃないか」

「いやあの先生、別に星蘭が好きとかそんな」

「好きじゃないのか？」

「………好き、ですけど、先生が思ってるような好きとは違くて、その」

「なんだ女々しいな。このときのお前はこんなにも格好良かったというのに」

画面に映ったダンスを踊っている俺を見て、八桜先生は呆《あき》れたように肩を竦《すく》めた。

乃羽《のわ》たちにも言われたが、どうも俺はダンスを踊っているときとそうでないときで印象がだいぶ変わるらしい。ダンスのときは表現の一環として表情を豊かにするよう意識してはいるが、それだけでそんなにも変わるものなのだろうか。

「まあそこはいい。このあとも予定が詰まっているからさっそく本題に入ろう」

「本題?」

「お前をわざわざ呼び出した理由だよ」

そう言って八桜先生は手元のタブレットを操作し、なにかのホームページを見せてきた。

俺はそれを覗《のぞ》き込み、目に入った文字を読み上げてみる。なになに。

「佐々譜《ささうたし》市紅葉祭り……ステージ出演者募集……?」

「ああ、他県ではあるがそれなりに大きな祭りで、毎年ステージのパフォーマーを学生から募集している。学生ボランティアの実績としては申し分なく内申書にも書ける内容だ」

「えっと?」

「特に佐々譜《ささうたし》市はアメリカのニューヨーク州ベルアイランドシティと姉妹都市の関係にある。祭りには毎年アメリカからの留学生を多く招待していて、日本の学生のステージを観覧してもらうのが恒例なんだと」

「……すみません、あの、話がよく見えてこないんですけど」

「このステージに出てこいと、そう言っている」

思わず視線を上げると、八桜先生はまっすぐとした目で俺を見ていた。

……冗談、ではなさそうだな。

俺は意識を真面目な方向に切り替えて背筋を正す。

「詳しく教えてください」

「職員会議……正確には、生活指導部に話をあげる前の学年会議だが、そこで私からお前の処分に関してこう発言させてもらった。今回の一件において具体的に被害を受けた者はいない。だから停学を決める前に舞織《まいおり》に何かチャンスを与えて欲しいと」

「……チャンス？」

「わかりやすい社会奉仕で生徒としての模範を示すこと。勝手な話だが、今回のボランティアのように海外交流や親善を目的とした活動は周囲からの評判がいい。この祭りのステージで我が校の生徒が活躍したとなれば、学校のホームページなどでも喧伝《けんでん》できる歴《れっ》とした実績となるだろう」

「……つまり、学校のイメージアップのためボランティアに参加しろと？」

「身も蓋もなく言ってしまえばその通りだ」

本当に身も蓋もないなと、内心で愚痴めいたことを漏らしてしまう。

俺の停学と学校のイメージ戦略に相関性はないはずだ。だというのにボランティアを強要するそのやり方は、ちょっと横暴だと思わなくもない。

「まあ、やりますよ。拒否権なんてなさそうですからね」

「いい返事だ。停学の取り消しは私が責任を持って成し遂げよう。ステージについても可能な限り協力する。もし何か必要なものがあれば事前に言って欲しい」

その申し出は有り難いが……ふと俺は違和感のようなものを感じてしまった。

いくら自分のクラスの生徒だとしても、いち生徒のために教師がここまで動いてくれるものなのだろうか？

停学取り消しのチャンスをくれたこともそうだし、先生は必要以上に俺の肩を持ってくれている気がする。そこに何か特別な意図でもあるのだろうか？　考え過ぎだとは思うし、横暴な学校のやり方を聞いたばかりで懐疑的になっているだけだとも思うが……。

「なんで先生はそんなに俺に協力的なんですか？」

聞いてしまうのは失礼かとも思ったけど、今回は興味の方が上回った。

俺の質問に、八桜先生は少しだけ考えるような素振りを見せる。

「生徒の力になるのが教師の仕事……と、模範的な回答もできるが、ここはひとつ腹を割って話してやろう。私は物語が見たいんだ」

「……？」

「私が教師になった理由だよ。子供たちの青春とは、長い人生の中でも最も輝く物語の時間だ。それを私は近くで見たい。できることなら大人の力でそれを支えてあげたい。間違いながらも頑張る生徒たちの努力を、見なかったことになんかしたくない」

「……先生」

「舞織。優月を助けるためにステージへと駆けつけたあのときの、お前の物語は実に魅力的だった。その続きを見たいと思えるくらいにな。私たちの立場でこう言うのもおかしな話だが、私はお前の物語のファンになってしまったよ」

「……ファン、ですか？」

向けられた優しい眼差《まなざ》しがこそばゆくて、つい背中を掻《か》いてしまう。曖昧な反応しかできない俺に向かって、八桜《やざくら》先生はくすっと余裕のある笑みを漏らした。

「だからこれは身勝手な希望であり、一方的な焚《た》き付《つ》けだ。生徒の力になりたいと思う気持ちも確かにある。だがそれよりも、またお前が面白いものを見せてくれるのではないかと、そんな風に考えている私がいるのも確かだ」

そこで八桜先生は、ぽんっと俺の肩に手を置いた。

「期待しているぞ、舞織」

「……それは、なんていうか、その」

置かれた手の温かさに戸惑って、中途半端な言葉ばかりが口から漏れる。

でも胸の中には、小さく灯《とも》るような嬉しさがあった。

ダンスを辞めてしまった半年間。誰からも期待されず、自分ですら自分のことを信じてあげられない、そんな時間がずっと俺の中には流れていた。

だから、久しぶりだったんだ。

こんな風に言葉にして、俺のダンスに期待してくれる声を届けてくれたのは。

「……ありがとう、ございます」

漏れ出た声は自分が思っていたよりもずっと小さかった。それが余計に恥ずかしい。

チラと顔を上げると、八桜先生は手に持ったスマホをふりふりと揺らしていた。

「では舞織。連絡先を交換しようか。ＲＩＮＥはやっているよな？」

「いいんですか、生徒に連絡先を教えちゃって」

「仕事用にアカウントは分けているさ。わざわざ学校を経由して連絡を取るのも面倒くさいだろう。特に今回は私と個人的なやり取りをすることも多いはずだ」

なんとなく『先生との個人的なやり取り』という言葉に変な怪しさを感じてしまう。俺の心は汚れていた。そんな邪念を勘付かれたのか、先生はやれやれとでも言いたげな困った笑顔を見せてくる。どこか厳格なイメージのあった八桜先生だけど、その笑みには親しみやすいあどけなさがあった。

「……俺、先生ってもっと冷たい人だと思ってました」

「教師の仕事は生徒に気に入られることではないからな。ときとして厳しい言葉や態度を使わなければいけないこともある。かといって、必要以上に壁を作るつもりもない。今回の件に限らず、何か困ったことがあれば相談してくるといい」

それを聞いて、心の中に優しい何かが流れ込むのを感じた。

頼れる大人がすぐ傍《そば》にいる。大層な理由なんかなくたって、子供の道を支えることに全力になってくれる人がいる。それがどれほど恵まれていることなのか今更ながらに自覚する。

きっと八桜先生が動いてくれなければ、こんなチャンスをもらえる機会はなかっただろう。俺の停学だけならまだしも、場合によっては星蘭にも被害が及んでホームステイが中止なんていう悲しい未来が待っていたかもしれない。

……だから、頑張ろうと思った。

別に自信なんてないけれど、先生の期待に応えられるかもわからないけど。

全力を出し切ったと。

全部が終わった後に胸を張ってそう言えるような、そんな頑張り方をしようと思った。

心の中に灯った確かな火に口元を緩めながら、俺は八桜先生のスマホに自分のスマホを重ねる。アプリの通信機能が作動して、ぴろんっと互いの連絡先が行き交う音が鳴った。

「……むっ、いや、待て舞織っ！　しまった、まだアカウントを変えてなっ」

何やら急に慌て出した先生だけど、その制止は手遅れで――。

ぶるりと震えたスマホ。画面には『新しく友達に追加しますか?』の文字。

俺がそれを反射的にタッチすると、画面いっぱいに先生のアカウントが表示された。

☆アウレス様親衛隊長エイトサクラ@クソリプアンチとは全力で戦います同担拒否☆

俺は理解し難いものを見るような目で八桜先生を見た。

八桜先生はサッと顔を逸《そ》らした。

「……」「……」

「………なに、アウレス様って」

「………VTuberだ。砂漠の国の王子という設定でな、視聴者を小馬鹿にするような鼻にかける言動が特徴的、しかしゲーム配信などでは感情の振れ幅が大きく等身大のリアクションを見せてくれるため、そのギャップで人気が出ている大手所属の配信者だ」

「そこまで聞いてないですけど。VTuberって?」

「Live2D等の技術で現実と動きを同期させ、イラストモデルをアバターとして配信業を行う者の総称を指す。現代メタバース市場の最前線。もはや配信界隈《かいわい》に留《とど》まらず、そのタレント性は歌やイベントなど多くの業界に影響を与えており——」

「やけに詳しいっすね」

なんか黒スーツの美人なお姉さんがぷるぷると震えていた。

ダラダラと冷や汗を垂れ流す先生を見つめること数秒。

やがて何かを吹っ切ったのか、真っ赤な顔のお姉さんは全力で何かを叫び出した。

「く、くそうっ！　仕方ないではないか、教師なんてブラックな仕事、ストレスの捌《は》け口《ぐち》がなくてはやってられん！　普段は厳格なお姉さんが、夜には部屋でひっそりと推しのVTuberにスパチャを投げることを生き甲斐《がい》にしてたっていいではないかっ!!」

「いやまあ、別に、ダメってことはないですけど……」

ただ、うん。なんかこう、返して欲しい。俺の心を温かくしてくれた光り輝く何かを。

「ええいっ、この際だから洗いざらい言ってやる！　私がお前に肩入れする理由のひとつは、お前の雰囲気がどことなくアウレス様に似ているからだ！」

「おい、俺の物語がどうのこうのってのはどこいった？」

「いいか舞織、このことは誰にも言うなよ。私は教室でも職員室でも、パリッとした美人教師という立場を手放したくない。この立ち位置は何かと便利だからな。もし口外してしまえば……そうだな、お前の停学がどうなるか実に楽しみなことになる」

「なんだこれ。キャラ崩壊が留まることを知らねえ」

さっきまでは頼れる存在だった先生が、今はもうダメな大人にしか見えない。

別に個人がどういう趣味を持っていたっていいと思うけど、その後の対応というか、リカバーの仕方が壊滅的に下手だ。

俺は小さく息を吐いてから、逸れてしまった話題を本題へと戻す。

「先生、ふたつ確認したいことがあるんですけどいいですか？」

「アウレス様の身長と体重か？　非公開だ」

「VTuberから離れろよ」

しかもわかってないんかい。って違う、そうじゃない。

「このホームページには、アメリカからの留学生のためにステージでは日本の文化的なパフォーマンスをして欲しいって書いてあるんですけど……俺ができるのはダンス、しかもジャンルはヒップホップ。思いっきり海外の文化です」

なんならヒップホップはニューヨーク、つまりはアメリカが発祥の文化だ。

アメリカからの留学生にアメリカの文化を披露する……まあ、それはそれでアリな気がしないでもないが、少なくとも今回の募集の要項からは外れてしまっている。

「そこは考えている。文化祭のときのようにアニメソングで踊ってみてはどうだ？」

「……なるほど、アニソンダンス」

アニメは日本が誇る立派な文化だ。そこで流れる曲——アニソンに合わせてダンスを踊れば、確かにそれは日本文化のステージになる……いや、なるのか？

納得しかけた理屈に引っかかりを覚えて思考が立ち止まった。日本のアニメが海外でも人気なことは知っているが、それがどこまで浸透しているかまではわからない。日本人である俺だって星蘭《せいら》と再会するまではアニメの知識なんてほとんどなかったからな。

「……まあ、あとで星蘭に相談してみるか」

餅は餅屋とまでは言わないが、実際にアメリカで暮らしていた星蘭だったらそのあたりの空気感もわかるかもしれない。幼馴染《おさななじみ》への確認事項を脳内にストックしてから、俺は改めて八桜先生へと向き直る。

「なら、もうひとつの確認したいことなんですけど」

俺としてはこっちの方が本題。

星蘭と交わした約束は、あの文化祭のステージでひとまずの区切りをつけた。

だけど俺にはまだ果たさなければいけないことがある。俺のことをずっと待ってくれた相棒のことを思い浮かべながら、熱を込めた声でそれを聞いた。

「一緒に踊りたいやつがいるんですけど、そいつを誘ってもいいですか？」

＊＊＊

家に帰ると、見知った女の子たちが殴り合いの喧嘩《けんか》をしていた。

「ははは、喰《く》らうがいい乃羽《のわ》！　これこそが先週のアップデートで実装されたグリームヒルデの新コンボ、空前からのダッシュ中段、強パンチ、下アーツによるかち上げからの『魔法的杖殴り《エーヴォルシオン》』だっ！　ダメージは脅威の４８００っ!!」

「ふざっ！　このっ、待っ、体力減り過ぎでしょ!?　ただでさえ遠距離技が強くてユーザーからヘイトが溜《た》まっていたグリームヒルデにこんな強コンボを実装するなんて運営は何を考えてるの!? さては偉い人の中にグリームヒルデ推しの人がいるわねっ!!」

誤解なきよう付け加えておくと、もちろんゲームの中の話である。

俺のベッドに座った星蘭と乃羽はかちゃかちゃとコントローラー音を鳴らしながら、前のめりでテレビへと視線をやっている。画面の中では金髪魔女グリームヒルデの魔法攻撃でボロボロに吹き飛ばされている中華キャラ舞娘《プーニャン》の姿があった。

新コンボに動揺する乃羽の動きは精細を欠いており、逆転の機会には恵まれずそのまま体力ゲージはゼロに。悔しがる乃羽の横で、星蘭がふふんっと鼻を鳴らした。

「六勝四敗、私の勝ちだね。つまり、どういうことかわかっているかな?」

「……罰ゲームでしょ。好きにしなさいよ」

「ふふっ、では両手を広げてくれ」

「はいはい」

不承不承といった感じで乃羽がゆるゆると両手を広げる。星蘭はにやりと笑みを深めながら無防備な乃羽の身体《からだ》をぎゅっと抱きしめた。その勢いの強さに乃羽の口から「おふっ」と声が漏れている。

「ちょ、星蘭。もうちょっと優しく……」

「ふふっ、この程度で弱音を吐いてもらっては困るよ。本番はここからさ」

「い、いや、待っ、どこ触ってるのよ、んっ……」

わきわきと動く星蘭の五指が、乃羽の脇腹のあたりを優しく愛撫《あいぶ》する。

漏れ出る吐息はどこか艶《なま》めかしく、乃羽の照れた表情は、見ていることに罪悪感を覚えるような怪しげな色香に満ちていた。普段寝泊まりしている自分の部屋だというのに女の子たちが戯れているというだけで、甘い香りがするのは何故《なぜ》なんだろうか。

……っていうか、俺の部屋なんだよなぁ、ここ。

扉を開けた瞬間に飛び込んできた強烈な光景のせいで、現状、自分の部屋だというのに入室を躊躇《ちゅうちょ》してしまっている。ふたりはゲームに夢中だったせいで俺の存在に気づいていない。どうしたものかと突っ立っていると、そこでポケットの中のスマホが振動した。

取り出して画面を確認すると、そこには悠馬《ゆうま》からのメッセージがひとつ。

『──流斗《ると》。百合《ゆり》の間に挟まるのは犯罪だよ』

頭に浮かんできた友人の顔、整い過ぎたその笑顔もまとめて無視を決め込んだ。具体的には既読スルーという名のコミュニケーションの拒絶である。

「さあ乃羽。このまま私とひとつになって、享楽と快楽の虜《とりこ》になろうではないか」

「な、何を、んっ、言って……あんっ、ちょっと待って、そこは……あっ！」

星蘭の愛撫がよほど的確なのか、乃羽の顔はどんどん蕩《とろ》けていった。

火照《ほて》ったように顔は真っ赤。声を出したくないのか星蘭の肩に口を押し付けて、それでも抑えきれなかった息継ぎのような音が「あふあふっ」と漏れている。

そして限界か、乃羽はくらりと身体を傾けて、星蘭の腕に支えられながら後ろを向いた。

暖炉の上のチーズもかくやと蕩け切ったその瞳が、扉の前に立っていた俺を捉え――。


瞬間、いろいろなことが起きた。


まず軟体生物のような動きで星蘭の腕から脱出した乃羽がベッドに置いてあった枕を摑《つか》んだ。そのまま遠心力を利かせた投擲《とうてき》により俺の顔面に枕が炸裂《さくれつ》する。突然のことで受け身も取れず、俺は部屋から押し出される形で後ろに倒れた。自分の口から「うおっ!?」と情けない声が漏れたのが聞こえる。そして顔を上げる暇もなくバタンっと扉が閉じた。

ここまでで一秒。

まるで突風に見舞われたかのような一瞬の出来事に俺は目を白黒とさせる。

「…………えっと?」

混乱した思考力では、そんな呟《つぶや》きを漏らすのがやっと。

飛んできた枕を手に持って恐る恐る扉を開けると、そこには何事もなかったかのようにちょこんっとベッドに座る乃羽と星蘭がいた。

「おかえり流斗。お邪魔してるわよ」

「……なあ乃羽。さっきのって」

「さっき？　なんのことかしら？」

にっこりと笑う乃羽から、何か黒い靄《もや》のようなものが漏れていた。

隣の星蘭は珍しく引き攣《つ》った顔をしながら『は・な・し・を・合・わ・せ・ろ!!』と緊急のアイコンタクトを送ってくる。俺が廊下へと吹き飛ばされた数秒間で何か恐ろしいものでも見てしまったのか、ダラダラと冷や汗も垂らしていた。

ふるふると首を横に振る星蘭に合わせて、俺もこくりと頷《うなず》く。わざわざ自分から虎の尾を踏みにいく必要もない。さっき部屋の中で見た星蘭と乃羽の戯《じゃ》れあいについては記憶の奥底に封印しよう。ちょっとだけもったいない気がしないでもないが。

「星蘭、別に友達を家に誘うくらいいいけど、俺の部屋を使うんだったら事前に連絡くらいよこせ。俺にも一応プライベートってもんがあってだな」

「ふむ、それもそうだね。次からは気をつけよう。ただ安心したまえ。ベッドの下のえっちな本については前もって隠してあるよ」

乃羽が俺のことを汚物を見るような目で見てきた。冤罪《えんざい》です。

星蘭のテキトーな発言。身に覚えのない罪状にたまったもんじゃないと反論しようとしたところで――。

「おっと失礼、本当の隠し場所は本棚の二段目。文庫本の奥にできた小さなスペースだったね。木を隠すなら森の中とはよく言ったものだよ」

「──っ」

ニヤリと笑った星蘭の言い当てに、俺の身体がピシッと固まった。

「……お前、どうしてそれを」

「ふふっ、私がルーくんの部屋で知らないことなどあるわけないではないか。その気になれば天井にあるシミの数だって答えて見せよう」

戯言《たわごと》に付き合うつもりはない。幼馴染とはいえ勝手に人の部屋を漁《あさ》ったことを問い詰めようと──したところで、視界の端に動く影があった。

「あ、おい、乃羽っ！」

猫のような俊敏さでベッドから跳んだ乃羽は事の真偽を確かめるために本棚へと直行した。くそっ、しまった、優先順位を間違えた。まずは乃羽を制止するのが先だったか。

「勘違いしないでね流斗。あたしはダンスのパートナーとして相棒のことをよく知っておく必要があるの。つまりこれはダンスが上達するための過程であり義務であり、最善を尽くすべきだという責任感でもあり、そしてあたしの中の譲れない知的好奇心なの！」

「おい最後ただの私情じゃねえか！」

俺の文句を華麗に無視した乃羽は本棚に詰められた文庫本──九割は星蘭が勝手に持ち込んだライトノベル──をごっそりと引き抜いた。

マズい……その奥のスペースには俺が隠れて集めていた『アレ』がある！

秘密を守ろうと、俺は慌てて乃羽へと詰め寄ろうとし――。

「おわっ!?」

「えっ、きゃっ!?」

盛大に足をもつれさせ、思いっきり乃羽を押し倒してしまった。

ふたり分の体重が倒れ込む衝撃。

それに続いてバサバサと、紙の束が床に落ちる音。

乱れた視界が落ち着くと、目の前にはあまりにも無防備な女の子の顔があって――。

「……る、流斗……？」

「……乃羽……」

床に転がった乃羽は、どこか熟れたような瞳で俺を見上げていた。

顔が近い。少しでも距離を詰めれば互いの唇が触れてしまいそうなほどに。

ドクドクと心臓が騒ぎ立てる。

絡まった視線は、その奥の心の部分まで繋《つな》がってしまったかのように互いの緊張を交換した。軽く触れ合った胸では、どきどきとした鼓動が共鳴する。もはやそれがどちらの心音なのかも判断つかない。鼻先にかかる乃羽の吐息はくらくらするほどに甘くて――。

「……その、流斗……どいてくれると、その……」

「あ、ああ、悪い……」

自分の口から出る声が、恥ずかしくなるくらい震えていた。

乃羽の上から離れても火照るような熱さが引かない。心の中を渦巻く感情は果たして何と呼ぶことが正解か。恥ずかしさ。初々しさ。もどかしさ。どれを思い浮かべても、どれも正解とは思えなくて、情けなく乃羽から顔を逸《そ》らすことしかできない。

気まずい沈黙。

チラと横目に見た乃羽の耳は真っ赤に染まっていて、きっと俺の顔も鏡合わせみたいに赤くなっているのだろう。そんなことを考えていたところで——。


「おやぁあ、これは何かなぁ〜？」


ビクッと肩が震えた。

俺の背後からにょきっと顔を出してきた幼馴染《おさななじみ》。その青空色の瞳は床に散らばった本たちを——星蘭《せいら》が表紙を飾っているファッション雑誌を捉えていた。

「おかしいなぁ、どうしてルーくんの本棚から女性向けのファッション雑誌が出てきたのかな？　しかも、あれあれ？　偶然だろうか？　どれも同じ女の子が表紙を飾っているではないか！　む？　むむむっ？　なんだろう、この子、すごい見覚えが……具体的には鏡の前とかでよく目を合わせる気がするな。気のせいだろうか、ねえ、ルーくんっ？」

「…………」

「いや、そう、もし仮に、例えばの話だが、ルーくんがこっそりと幼馴染が載っている雑誌をコレクションしていたなんて、まさかそんな話はないだろう？　だって毎日本物と会っているではないか。だというのにわざわざこんなコソコソとなんて……うーむ、不思議だ。実に不思議だ。これはもう、星蘭ちゃん的七不思議にノミネートされるくらいの不思議だ。今世紀最大のミステリーだね、うん」

「……………うぜぇ」

むふんっと口の端を吊《つ》り上げた星蘭の笑みに、呻《うめ》き声《ごえ》じみた悪態を返す。

反論の言葉を探すが、星蘭が載っている雑誌を集めていることがバレていた時点で、これはもう一方的なパワーゲーム。逆転の目はないだろう。俺にできるのは真っ赤になった顔を逸らして、傷口を少しでも浅くすることだけだ。

心を満たす羞恥は果たして何が原因なのか、もうその判断すらもままならない。

「……」

だから、というわけではないけれど。

乃羽《のわ》が意味深な表情で床に散らばったファッション雑誌——そこに載っている星蘭の姿を見つめていたことに、俺は違和感を抱けなかった。

舞織《まいおり》家と黒咲《くろさき》家の距離は意外にも近く、徒歩で二十分とかからない。

が、それが女の子をひとりで帰らせていい理由にはならないだろう。夜道と呼ぶにはまだ明るい住宅街。晩御飯の話題で盛り上がっている家族連れとすれ違いながら、俺は八《や》桜《ざくら》先生に言われた諸々《もろもろ》の事情を乃羽に説明していた。

「――なるほど。それで、あたしと一緒に踊って欲しいと」

凛《りん》とした表情で「ふむ」と頷いている乃羽だけど、その耳はほんのりと赤い。夕焼けのせいなのか、それとも先ほどのちょっとしたハプニングが尾を引いているのか……どっちにしたって、それを指摘するのはデリカシーのないことだとさすがの俺でもわかる。

「で、その……どこだっけ、その紅葉祭りとやらの日付はいつなのよ」

「佐々《ささ》譜市《うたし》。ここから電車で二時間ちょいってとこだな。祭りの開催日は十月二十日」

正確に言うと祭りは土日を使った十九日と二十日の二日開催だ。伝えた二十日はステージがある日。それまでにダンスを仕上げなければいけないというリミットの日付。

「……もう来週じゃない。随分と急ね」

「そうなんだよなぁ」

今日の日付は十月十一日の金曜日。祭りの日まではもう二週間とない。

まだダンスの構想すら立ててない現状を考えれば準備期間として心許《こころもと》なく、乃羽が渋い反応をするのも当然だろう。だけど、心許ないというだけで絶対に無理な話でもないというのが俺の見解だ。というのも――。

「でもほら、来週からは奏羽《そうう》ウィークが始まるから。そこを全部使えば間に合わないってこたぁないと思うんだよな」

奏羽《そうう》ウィークとはウチの学校――奏羽《そうう》高校に伝統的にある秋口の連休を指す。まあ、伝統的と言っても一年生の俺にとっては初めて経験するもので、馴染《なじ》みがあるとまではいえないものだが。

「……つまり、何？　せっかくの連休を全部流斗《ると》に付き合えって言ってるの？　しかもこんな直前に？　あたしにも予定ってものがあるんだけど」

「……やっぱりダメか？」

「だ、ダメとは言ってないわよ。……でも、お願いするんだったらちゃんと言って」

赤焼けの空を背負いながら乃羽が振り返る。秋風に靡《なび》く黒髪のポニーテールが、煮え切らない俺の心を叱咤《しった》するように跳ねていた。

やれない理由を数えるんじゃなくて、やりたい理由を探す。舞織流斗という人間はそういう種類のダンサーであって欲しい。かつて目の前の女の子が教えてくれたことを思い出す。そんな生き方を自分に課す。欲望に忠実になる……とは、少し違う気がするけど、心の中にある気持ちに正直になったら、漏れ出る言葉はこれだった。

「乃羽、俺と一緒に踊ってくれないか？」

「うん、よろしい。仕方ないから付き合ってあげるわよ。流斗の我儘《わがまま》に付き合えるのなんてあたしくらいしかいないからね」

イタズラ好きの子猫みたいな乃羽の笑みに、不覚にもドキッとしてしまった。

高鳴る心臓の奥では、心地よい温かさがじわりと広がっている。

一緒に踊る約束をする。ダンスの約束をする。そんな何でもないようなやり取りを乃羽とまたできたことが、ただ単純に嬉《うれ》しかった。

「じゃあ流斗。さっそく予定を詰めるわよ。あたし、やるからには中途半端は嫌なの」

「おう、ざっくりだけどスケジュールはもう考えてる。まずはだな――」

スマホのカレンダーアプリをふたりで覗《のぞ》き込みながら予定を合わせる。

肩が触れ合う距離感に懐かしさを感じた。この距離感を取り戻せたことに思わず声が弾んだ。勝手に蹲《うずくま》って足を止めていた俺が言うのもアレだけど、もうこの位置を手放したくないと、確かな想《おも》いの火を熾《おこ》す。

「やるぞ乃羽。久しぶりのダンス合宿だ」

俺の宣言を受けて、乃羽もまた釣られるように笑ってくれた。その笑顔が、俺がダンスを辞めていたときよりもずっと身近に感じられたのは、きっと気のせいではないはずだ。

懐かしい風の香りがする。

流斗と一緒の帰り道、いつもと同じはずの街の気配からあたしはそれを感じ取った。

こんな風にダンスの話をしながら流斗と帰るのはいつ振りかな。中学のときは当たり前だった光景が、今となってはひどく懐かしい。

夕焼けを浴びる流斗の顔は前を向いていて、どこか先を見据えるようなその瞳に……やっと帰ってきてくれたんだと、そんな言葉が自然と浮かんだ。

悔しい……って、気持ちはある。

流斗がまたここに戻ってきた、そのきっかけを作ったのはあたしじゃない。流斗が立ち上がる理由も、またダンスを踊ろうと思った目的も、その先で流斗が見たいと思っている景色の中にもあたしはいない。……いや、いないってことはないと思うけど、きっとその景色の中心にいるのはあたしじゃない。

物語のヒロインにはなれなかったと、遠くの夕焼けに弱音を漏らしてから……。

――知ったことかと、あたしは笑った。

誰かの物語の配役に、自分の立ち位置を決めつけられるな。

あたしの踊る場所こそがあたしの物語の中心で、あたしの物語とは、あたしが何かを目指して、足掻《あが》いて、手を伸ばして、そうして何かを摑《つか》み取る、あたしが主人公のお話だ。

「乃羽？　なに笑ってんだ？」

「別に。夕焼けが眩《まぶ》しかっただけよ」

眩しかったのは本当。

だけど、この捻《ひね》くれた口は本音の他にも、もうひとつ隠し事をした。

ねえ、流斗。

素直になるのが恥ずかしくて、仕方ないなんて態度を取っちゃってるけど。

本当は、本当はね。

一緒に踊りたいって言ってくれたことが、すっごく嬉しくて。

また一緒に流斗とダンスを踊れるのが、本当はとっても楽しみなんだよ。

……そんな風に、言葉にできるのは心の中だけ。いつまで経《た》っても素直になれない自分に呆《あき》れた笑みを浮かべてから、そんな笑顔と本音を夕焼けの中にこっそり隠した。

第二章
新しい風の音

memory of black feather II

My cute and annoying childhood friend from America is making me dance again today.

中学生になったとき、あたしは変なお兄さんにダンス教室に誘われた。

そのお兄さんはバレエ団の先生の知り合いで、バレエを辞めてしまったあたしを心配した先生がお兄さんに相談したみたい。

それでお兄さんが「僕のやっているダンス教室に遊びに来ない？」って誘ってくれたわけなんだけど、あたしはすぐにそれを断った。

余計なお世話……とまでは思わなかったけど、バレエを辞めたばかりのあたしの心は空っぽで、そこに何かを詰め込もうと思う意欲がなかった。

無気力っていうのかな？

きっと今は何をやっても中途半端になるような、言葉にしにくい不安と予感があった。

だけど変なお兄さんは諦めが悪くて。

いくら断ってもしつこく誘ってきて、下校中なんかにも声をかけてくるものだから、不審者に間違われて交番に連れていかれそうになったりもしていた。

どうしてあたしのためにここまで必死になるのかなって不思議だったけど、なんとなくお兄さんからは簡単には諦めない執念みたいなものを感じて。

だから仕方なく、一回だけという約束をしてからそのダンス教室を覗きにいった。

そこでは小学生から中学生までの子供たちがダンスの練習をしていた。ヒップホップというジャンルらしい。バレエしかやってこなかったあたしには知らない世界だ。

「おーい流斗《ると》、ちょっとおいで」

お兄さんが練習中のひとり……その、こういう言い方は失礼かもだけど、疲れた顔が似合いそうな男の子を呼びつけた。

「なんすか、先生？」

「紹介するよ。彼女は黒咲乃羽《くろさきのわ》くん。新しい仲間だ」

お兄さんの紹介に、ついキッと目元に力が入ってしまった。

このダンス教室に入るなんて一言も言っていない。でも睨んだ理由はそれだけじゃなくて、たぶん仲間って言葉に拒絶が出たんだと思う。

あたしにとっての仲間とは、あたしを置いてきぼりにしたバレエ団のみんなのこと。それが急に別の何かに取って代わると言われても納得も実感も湧かない。それに思い出してしまった嫌な記憶のせいで、新たな仲間を作るという行為に強烈な嫌悪を覚えてしまった。

それが直接の原因だったかはわからないけど——。

「俺は舞織《まいおり》流斗、よろしく。黒咲さんは――」

　ぱんっ、と。

　その男の子が差し出してきた手を、あたしは無意識に叩いてしまった。

「……」「……」

　やばい、と思ったときにはもう全てが遅い。

　一瞬の嫌悪に振り回された衝動的な行動に、冷静になったあたしの思考がダラダラと冷や汗を垂らした。失礼なんてものじゃない。初対面の相手の手をこんな乱雑に叩き落とすなんてどう考えたってヤバい女だ。やっちゃった。

「お、おう、その、なんだ？　えっと、ごめんな？」

　男の子はきょろきょろと視線を泳がせて困惑していた。

　そりゃそうだ。もし立場が逆だったらあたしだって似たような反応をするだろう。

「その、あれだ。俺は練習に戻るけど、なにか困ったことがあったら言ってくれよ」

　苦々しい愛想笑いを浮かべながら、男の子は練習に戻って行った。

　離れていく背中に手遅れだと思いながらも手を伸ばしかけて……でもその寸前に、口からこぼれかけた言葉を飲み込んだ。

　別に、仲良くなんてならなくてもいい。

　仲間なんていらない。どうせどこかに行ってしまうのなら、最初からそんなものは作らなくていい。あたしはもう、ひとりで生きていくから。

捻くれた子供の考えだと思う。

でも幼いあたしの心はそんな捻くれた考えに従うことしかできなくて、強がるようにふんっと顔を逸らした。その先で、困った顔をしたお兄さんと目が合って――。

「やれやれ、これは大変そうだねぇ」

変なお兄さんが肩を竦めながら、変なことを呟いていた。


とはいえ、だ。

時間が経てば経つほど、自分の行動のヤバさを冷静に見つめてしまう。

あの男の子……えっと、舞織くんだっけ？

いろんなことに見切りを付けたつもりではあるけど、あの子とのやりとりについては若干の後ろめたさがある。

仲良くしようって差し出した手をいきなり叩かれる。

どんな気持ちだっただろう？　何かしらのトラウマになったとしてもおかしくない。

また会えたとしたら、そのときはちゃんと謝ろう。たぶんそんな機会なんてないだろうなと半ば思いながらも、あたしはそれを心に決めて――。

「黒咲さん、昨日の練習はなんで来なかったんだ？」

そして普通に再会した。どうやら同じ学校だったらしい。そんなことってある？

「……」

日付はあたしがダンス教室を覗きに行った三日後。その昼休み。

隣の教室から弁当箱を持ってきた舞織くんが至極当然といった雰囲気であたしの席に来た。話しかけるテンション感というか口調が完全に友達のノリ。あたしって初対面でこの子の手を叩いたよね……？　と自分の記憶を疑ってしまう馴れ馴れしさだった。

「……いや別に、あたし、あのダンス教室に入った覚えないし」

「次の練習は日曜日だからな。道がわかんなかったら駅で待ち合わせするか？」

「聞けよ」

いけない、つい言葉が荒んでしまった。

あたしが口を押さえて反省している間にも、舞織くんは近くから机を持ってきてあたしの机と合体させる。そして当たり前のように弁当を置いてご飯を食べ始めた。

……なんだろう、この距離感。

実はあたしは記憶喪失で、知らない間にこの子と絆を稼ぐようなイベントでも発生させていたのだろうか？

「なあ、こないだ準備運動してるところ見てたけど、黒咲さんってめっちゃ身体柔らかいよな。なんかスポーツとかしてたのか？」

「……まあ、ちょっとバレエをしてたくらいだけど」

「バレエか！　どうりで動きがしなやかだったわけだ。ポージングっていうのか？　あのピシッて身体を止めるやり方、今度俺にも教えてくれよ」

「だから、あたしはあのダンス教室に入った覚えはないって」

「えー」

「えー、じゃない」

なんだろう。本当になんだろう。

仲間なんていらないと思った。ひとりで生きていくと決めた。

その考えはきちんと態度にも出ていて、あたしの言葉や仕草は他人に壁を作るような冷たいものばかり。実際に中学に入ってからは、友達と呼べるような人はひとりもできていない。こっちが仲良くしようと思っていないんだ。そんな面倒くさい女と仲良くなろうと思ってくれる人なんているはずもない。

「バレエっていえば、こないだニューヨークの有名なバレエ団が東京で公演してたらしいな。黒咲さんは見に行ったのか？」

なのに、この人は。

舞織くんは、そんな壁を無視してズカズカとあたしの居場所を踏み荒らしてくる。冷たい態度を取っても、突き放すようなことを言っても、楽しそうな顔のままあたしを会話に巻き込んでくる。鈍感なのか？　馬鹿なのか？　いや、その両方だろう。とにかく察しが悪い。こっちの気持ちを汲み取ろうって気配がない。

「……舞織くんってさ」

「なんだ？」

「女の子にモテないでしょ」

「なんでいきなり罵倒された!?」

無礼を謝らなきゃと思っていたのに、失礼を重ねてしまった。

舞織くんは女々しくも、いや俺にだって仲のいい女の子くらいまあちょっと今はアメリカにいるんだけどな、とよくわからない言い訳をぐちぐちと言い始める。

その情けない反応に、ちょっとだけ、くすっと笑ってしまった。笑ったことを知られたくないから、顔を逸らして、口元をゆるっと緩めるような形で。

……ああ、くそう。

あたしは心の中で軽く舌を打つ。

仲間なんていらないと思ったのに、ひとりで生きていくと決めていたはずなのに。

悔しいけど、本当に悔しいけど。

いつもは長く感じる昼休みが、その日はちょっとだけ短く感じてしまった。

＊＊＊

奏羽《そうう》ウィーク。

それは俺たちの通う高校——奏羽《そうう》高校が独自に取り入れている連休制度。年度によって日付には多少の差異はあるが、なんと十月の三週目がまるまる休みとなるらしい。

スポーツの日、創立記念日、文化祭の振替、授業数調整の計画休校、そういったものをひとまとめにすることで一週間分の休みを捻出。そこらへんの柔軟性はさすがの私立といったところか、奏羽《そうう》生の間では秋のGWという呼び名で親しまれている連休だ。

「これで宿題がなければ最高なのにな」

「まったくよ」

都合のいい愚痴を呟き合いながら参考書の問題を解いていく。

十月十二日、土曜日の早朝。

俺たちは佐々譜《ささうたし》市行きの特急列車に乗っていた。

早朝の電車はガラガラで、空席だらけの座席がどことなく新鮮に映る。その非日常な光景に旅行のような気分を味わいながら、向かい合うタイプの座席に俺と乃羽《のわ》は陣取った。

指定席を取ってはいるものの、この空席具合を見れば取り越し苦労だったかもしれない。

「ねえ流斗《ると》、ここの和訳ってこれで合ってる？」

「ん、どれだ？」

「これ。単語はわかるんだけど訳を並べただけじゃ変な文章になっちゃって」

乃羽は参考書の一文を指差す。その爪がキラキラと輝いていて、薄《うつす》らとマニキュアが塗ってあることがわかった。遠出をするということで乃羽もどこか開放的な気分になっているのかもしれない。その気持ちがちょっとしたオシャレに表れているのかと思うと、少しだけ微笑《ほほえ》ましい気分になる。

「……なに？」

「いや別に。そこの和訳はだな――」

マジマジと見てしまったせいで、乃羽に違和感を与えてしまったみたいだ。

怪訝《けげん》な視線に軽く首を横に振って、俺は聞かれた質問に答える。

乃羽は英語があまり得意でなく、代わりというわけではないが理数科目が強い。正しく解けばはっきりとした答えが出るところが好きらしく、裏表がはっきりしている乃羽の性格を思えば、その理由は実にらしいと思った。

「――ってな感じで、この文は目的語を主語だと思って訳せばそれっぽい文章になるぞ」

「なるほどね。もういっそ、そういう構文ってことで覚えちゃうのもアリかしら」

乃羽は膝に置いた参考書の端にサラサラとメモを残す。電車の揺れのせいで少し書きにくそうだ。あまり勉強に適した環境とは言えないが、それでも俺たちが移動時間にまで宿題を進めている理由はいたって単純。

この連休はほとんどをダンスに使うことになるだろう。だから今のうちに少しでも宿題を消化しておきたい。ただそれだけの算段だ。

と、そこでカリカリとメモを残していた乃羽が小さく顔を上げて俺を見つめてきた。何か言いたげなその瞳に疑問の視線を返すと、乃羽はおずおずと聞いてくる。

「流斗ってなんか、異様に英語できるわよね。なんで？」

「なんでって言われてもなぁ……」

困ったフリをして頭を掻《か》いてみるが、実は心当たりならある。

幼い頃の約束。星蘭《せいら》に会いにニューヨークに行くと誓ったあの日から、俺は英語の勉強を始めていた。英会話の教室なんかにも通ったりして、英語力はそれなりにある方だと自負している。だがそれを、あけっぴろげに乃羽に話すつもりはない。

なんていうか、あれだ。星蘭に会いに行くために英語を覚えたなんて、そんな理由を誰かに知られるのはなんとなく恥ずかしい。

誤魔化すように弁当箱から取り出したサンドイッチを齧《かじ》る。朝食用にと母さんが持たせてくれたもので、照り焼きチキンとキャベツが挟んであった。朝食にしてはガッツリとした具材だが、着いてからすぐにダンスを……身体を動かすことを考えればこれくらい腹に溜《た》まるものの方が有難い。というより母さんもそれを想定して具材を選んでくれたみたいだ。ちなみにこの指定席が飲食可能なことは乗車前に確認している。

「それって春子《はるこ》さんが作ったやつ？」

「そうだが？」

「一口ちょーだい」

軽く瞼《まぶた》を閉じ、無防備に開けた乃羽の口へとサンドイッチを差し出す。一瞬、俺の食べかけであることに躊躇《ちゆうちよ》しかけたが、今更その程度のことに気を遣い合う間柄でもない。乃羽も特に気にした様子はなく「あむ」と豪快な口で齧り付いた。

「わっ、美味《おい》しい。ソースたっぷりなのにパンは全然水っぽくないし、キャベツはシャキシャキのままだわ。さすがは春子さんのサンドイッチね」

中学時代も母さんは俺たちによく手料理を差し入れしに来てくれた。乃羽が母さんの料理の味を知っているのはそのためだ。

懐かしさというか、その味に楽しい記憶でも絡みついているのか、俺の手からサンドイッチを奪い取……受け取った乃羽は幸せそうな顔で残りを頬張る。元から乃羽とも分けるつもりではあったし、俺は窓縁《まどべり》の手の届きやすい位置に弁当箱を移動させた。

「んー、また春子さんに料理教えてもらおうかなぁ。そのときは流斗も味見に協力させてあげるからね。感謝しなさい」

「…………おう」

「ねえ、どうしてそこで顔を逸らすのよ？」

俺の母さん、舞織《まいおり》春子は料理教室の先生をしている。

中学時代の乃羽が何回か母さんの料理教室に参加したことは知っているが、そのとき乃羽が作った料理についてはあまり思い出したくない。食材で遊びさえしなければどんな料理だって褒めてくれる母さんが渋い顔をしていたくらいだからな。

曖昧な俺の反応を不思議がる乃羽だったけど、その違和感よりも食欲の方が勝ったらしい。指先についたソースをペロリと舐《な》め取ってから、さっそくふたつ目のサンドイッチに手を伸ばしていた。

「こんな美味しい料理が毎日食べられるなんて舞織家が羨ましいわ」

「いいことばっかじゃねえぞ。このレベルに舌が慣れちまったら、普通の料理じゃ満足できなくなるからな。小学生のときなんかは給食が美味しくないって愚痴ってたらしい」

「贅沢《ぜいたく》な悩みね。春子さんに感謝は伝えてる？　いつも美味しいご飯をありがとうって」

「言ってはねぇな。心ではいつも思ってる」

「ちゃんと言葉でも言ってあげなさい。春子さん、喜ぶわよ」

都内を離れていく電車の中で、乃羽との何気ない会話が続いていく。

身近なこの距離感が久しぶりな気がして、口元をこっそり緩めた。解いているのが数学の計算問題でよかったと思う。もし国語の文章問題だとしたら、自分の気持ちを隠すのに精一杯で、作者の気持ちなんかを考える余裕なんてなかっただろうから。


駅のホームに降りると、澄んだ空気の感触に「お」と声が漏れた。

都内の電車に慣れているせいか、閑散とした人の気配のなさに違和感を覚えてしまう。

レトロな雰囲気のホームは新鮮で、意味もなく足が止まり、周囲を観察してしまった。

「なんか寂れてるわね」

「いやお前、もっとこう……言い方」

ストレートな乃羽の物言いに呆《あき》れた顔を浮かべてしまう。

たしかに賑《にぎ》わっているとは言えない雰囲気だが、空気が美味しいとかホームから見える外の景色が緑豊かで綺麗《きれい》だとか、それなりに褒めるところもあるはずだ。

でも乃羽は俺の苦言を気にすることなくスタスタと改札の方へ歩いて行ってしまう。緑と土の匂いがする涼しげな風に煽《あお》られたポニーテールがぷらぷらと揺れていた。

ただ眺めているだけでは置いていかれそうだったので、俺もリュックを背負い直してから乃羽の横へと小走りで並ぶ。改札を出て駅前へ。あまり栄えているとは言い難い街の全貌を眺めると、そこかしこに紅葉祭りのポスターが貼ってあることに気づいた。

「なんか、ちょっと不思議な気分ね」

「だな」

何とも言えない心の疼《うず》きを乃羽と言い合う。

知らない街。ちょっと空気の冷たい朝の時間。この独特の感覚を言い表せているかわからないけど、大会前の緊張が混じった硬い空気感を思い出す。どきどき？　わくわく？　なんだろう、浮き立つような心の騒めきにうまく名前をつけられない。その感触だけでも確かめようと胸に手を当てたところで、プップゥーとクラクションが鳴った。

音の方向へ顔を向けるとターミナル、と呼べるほどのしっかりした場所ではないけど駅前を迎えるような形で広がった道路のスペースに一台の車が停《と》まっていた。

窓から顔を出したのは、黒スーツをぴっちりと着こなしたお姉さん。

「舞織、黒咲《くろさき》、こっちだ」

八桜《やざくら》先生の声は静かな朝の街によく通り、しゃんと背筋が伸びてしまう。リュックを背負い直して俺たちは車の方へと歩いた。「おはようございます」と挨拶する。

「待ちました？」

「ふっ、そんなことはない、今来たところだよ」

「イケメン彼氏みたいなこと言いますね」

ニヒルに笑う八桜先生にちょっとした軽口を返す。先生の素の部分を知ってしまったからか、交わす言葉の調子がどことなく軽い。

そんな俺たちの距離感が意外だったのか乃羽が目を丸くしていた。たしかに俺もこないだの先生の秘密を知る機会がなければ、八桜先生を規律に厳しい厳格な先生として見ていただろう。今はあれです。頼りになるけど実は残念なお姉さんです。

「後ろに乗れ。旅館まで送っていく」

言われた通り俺と乃羽は後部座席に乗り込んだ。

緩やかなエンジン音と共に車が走り出す。

電車では会話が途絶えなかった俺たちだけど、八桜先生がいるからか乃羽は緊張した表情で握った拳を膝に乗せていた。気まずい沈黙とまではいかないが、やはり会話がないのは寂しいので俺は運転席の先生へと話しかけてみる。

「旅館までどれくらいなんですか？」

「三十分はかからないくらいだな。少し山を上ったところにある。祭りの会場も近くにあるから宿に着いたら軽く様子を見に行くといい」

その説明を聞いたからか、窓の外を流れる緑の多さに意識がいく。

まだ駅前から離れてすぐだというのに、街路を彩る自然のアーチが山への入り口を示すかのように俺たちを迎えていた。生い茂る葉々は半分ほどが赤く色づき始めている。事前に調べた情報によると来週末に開催される紅葉祭りのタイミングで、これらの光景は完全な秋色に染まるらしい。

青空へのびのびと伸びる紅葉樹たちは、とぷとぷと降り注ぐ太陽光をめいっぱいに浴びており、葉っぱの色づきもどことなく元気そうだ。

外の光景にそんな感想を抱きながら、再び八桜先生との会話に戻る。

「すみません、宿泊先まで手配してもらっちゃって」

「構わないさ。アウレ……生徒の頼みとあらば、それに応えたいと思うのが教師心というものだ。ここは学校ではないし、多少の我儘《わがまま》にも耳を貸してやる。だから黒咲もそんな緊張せずに、もっとフランクに接してくれて構わないぞ」

「は、はいっ」

「ふふっ、すぐには難しいか。まあ、おいおい慣れていけばいいさ」

「先生、喉渇いたんですけどお茶とか持ってません？」

「お前はもう少し節度と礼儀と遠慮と緊張感を持て」

いやでもだってこの人、俺のことを今『アウレス様』って呼ぼうとしたぞ。

もちろん教師と生徒という立場。友達みたいな関係とは言えないけど、先生の隙みたいなものを知ってしまったからか、つい軽口を突いてしまう。

不思議な距離感に俺自身もその近さを摑《つか》みかねていると、違和感くらいのちょっとした感覚だが、バックミラー越しに見えた先生の瞳がどことなく疲れているような気がした。

……もしかして原因は俺たちだろうか。

学校の名前を出してステージに出る関係上、俺たちは暫定的に奏羽《そうう》高校のダンス部員という扱いになっているらしい。そして先生はその仮の顧問という立場。

部活指導は教員の多忙さの最要因だとネットニュースか何かで見たことがある。実際に今回も宿泊先の手配や引率、その他諸々《もろもろ》の書類作業など、いろいろなことで時間を取らせてしまった。もし先生が疲れているのであればそれが原因かもしれない。

「……先生、何か手伝えることがあったら言ってくださいね」

元々は俺の停学が原因で始まった祭りへの参加だ。それが理由で先生に多忙を強いているのであれば生徒の立場だとしても申し訳ない気持ちが湧く。せめて何か先生の負担を減らせないかと、そういう気持ちで言ってみた言葉だったが——。

「ん？　ああ、すまない、昨日は夜遅くまでアウレス様の配信を見ていてな。それで少し寝不足なんだ。聞いてくれ、昨日はアウレス様にコメントを読んで貰《もら》えたぞ！」

「……そ、そうですか」

黒スーツの美人なお姉さんが良い笑顔を浮かべていた。

とりあえず今後はこの人に気を遣うとかそういう類のことはしないようにしよう。感情リソースの無駄遣いだ。心配した気持ちを返せ。

「え、なに？　配信？　アウレス様って、え？」

「ん、んぅんっ！　気にするな黒咲、別に大した話でもない」

「え、でも」

「良い女の条件とは秘密を抱えていることだよ。だから詮索はしないでくれ。ミステリアスなお姉さんは、あまり腹の内を探られるのが好きではないんだ」

推しのVTuberにスパチャを投げることが生きがいのお姉さんは、口元に優しく指を添えながら良い女の条件を語っていた。

かなりの暴論で二の句を止められた乃羽《のわ》は「はあ」と首を傾《かし》げている。なんというか、あれだな。この様子だと先生のメッキが剝がれるのも時間の問題な気がするな。

「おっと」

いつの間にか山道に入ったのかカーブが多くなってきた。

緑深まる山の景色は見慣れた都心の光景とはかけ離れていて、ちょっと大袈裟《おおげさ》な表現だけどまるで別世界に迷い込んだみたいだった。未知の場所。慣れない空気。ひとりだったら不安だったかもしれないけど、隣を見れば乃羽がいる。

手を繋《つな》いで仲良くなんてわかりやすいことはしないけど、乃羽とはきっと同じ方向を向いている。ふたりだったらきっと、どんな世界にだって飛び込んでいける。

そうであればいいなと心の中で小さく思いながら――俺たちを乗せた車は合宿地である旅館へと辿《たど》り着いた。


山中にある旅館は年季の入った木造建築だった。

もともとは取り壊し予定だった文化会館を買い取って改装したものらしく、全体の景観は元より、壁の一枚を見て取ってもその歴史の深さをありありと感じてしまう。

飾らずに言ってしまえば、めちゃくちゃボロい。

だけどなんだろう。そのボロさが味になっているというか、枝葉を被《かぶ》った屋根や風化した壁の色合いとかが周囲の自然と溶け合っている気がして、その秘境然とした雰囲気がわくわくと心を昂《たかぶ》らせてくる。

「星蘭《せいら》だったら隠しダンジョンとか言いそうな旅館ね」

「あー、想像つくな」

砂利の敷き詰められた駐車場を歩いて俺たちは旅館の中へ。

がらんとしたフロントは人の気配がほとんどなく、だけど隅々まで掃除が行き渡っていて外観のイメージよりもしっかりしていた。そんな感想を抱いた後にちょっと失礼だったかと反省する。これからお世話になる旅館だ。礼儀はしっかり持っていよう。

八桜先生はすばやく受付を済ませ、ルームキーを俺に差し出してくる。

「舞織《まいおり》、鍵を渡しておく。案内はこちらの女将《おかみ》さんがしてくださるそうだ」

「あれ、先生は？」

「私は野暮用があってだな、少し車を走らせてくる。何かあれば連絡してくれ」

言うが早く、先生は軽く手を振って旅館を出ていった。

野暮用とはなんだろう。

急いでいるように見えたけど何か緊急のことでもあったのか。気にはなったけど、すぐに詮索はやめた。休日にまで生徒に付き合ってもらっている先生の、そのプライベートな部分にまで踏み入るのは気が引けたから。

「生徒さんたち、こっち、案内するわよ」

優しい雰囲気の女将さんが落ち着いた笑顔で俺たちを手招きする。

外の景色が見える長い通路を歩きながらも、女将さんはすごい勢いで俺たちに話しかけてくれた。「どこから来たの？」「ここ何もないところでしょ？」「でも紅葉は綺麗だから是非見てってね」「祭りが始まるとこの民宿も少しは賑やかになるの」「ダンスを踊るんですって？」「祭りはワタシも見にいくから楽しみにしてるわ」などなど、弩弓《どきゅう》隊《たい》のごとく放たれる質問の波に少しだけ目を回してしまう。

特に乃羽は硬い愛想笑いを浮かべながら俺の陰に隠れる位置で相槌《あいづち》を打っていた。親しい相手には遠慮のない乃羽だけど、知らない相手には距離感がわからないのか曖昧な反応をしてしまう。中学時代にもよく見た光景だ。

そう思うと、星蘭とは珍しく初対面のときから遠慮ないやり取りをしていた気がする。相性が良かったのか。それともモデルのガワを被っていたあのときの星蘭が気に食わなかったのか。何はともあれ、星蘭と乃羽が仲良く一緒にいる。その事実だけで嬉《うれ》しくなってしまう自分の単純さに呆《あき》れた笑みを浮かべてしまった。

「なによ流斗《ると》、その気持ち悪いニヤニヤは？」

「……俺的には微笑《ほほえ》ましい系の笑顔のつもりなんだが」

「？　何が微笑ましいのよ」

「普段は強気な誰かさんが妙にソワソワしてるのが珍しいなーって」

「う、うるさいわねっ」

意趣返しのつもりで言った言葉は思ったよりも乃羽に刺さったらしい。顔を赤くした相棒は俺の脇腹をぎゅっとつねってきて、これがまたちゃんと痛い。

その照れ隠しを可愛《かわい》いなとは思ったけど、口にしたら脇腹がもっと愉快なことになりそうだったので心の中だけで呟《つぶや》くに留《とど》めておく。

「はい、ここがあなたたちのお部屋よ。ゆっくりしていってね」

女将さんに案内された宿泊部屋は和室だった。

すんっと鼻腔《びこう》を擽《くすぐ》る畳の匂い。木製の大きなテーブルに四つの座椅子。壁付近にはテレビや冷蔵庫、宿泊部屋によくある金庫なんかが置いてある。

何かあったら呼んでねー、と言ってくれた女将さんに頭を下げてから俺たちは部屋に入った。ドカっと荷物を下ろした乃羽は移動の疲れを発散するかのように大きく息を吐く。

それからすぐに楽しそうな顔で部屋の確認を始めた。

「良い部屋じゃない。あたし好きよ、こういう和っぽい雰囲気」

「ああ。広いし、窓からの景色も綺麗《きれい》だし……この部屋をふたり占めってのはなかなかに贅沢《ぜいたく》だな」

「そうね。ふたり分の布団を敷いても充分にスペースは……」

と、そこで。

自分の言葉に引っ掛かりを覚えたのか、乃羽はぱちくりと目を瞬《しばた》かせながらこっちを見てきた。はて、なんだろう。感情が溶けたみたいな真顔。和っぽい部屋の雰囲気も相まって、日本人形に見つめられているみたいな気分になる。ちょっとだけ不気味。

「ここって宿泊部屋よね。寝泊まりするって意味の宿泊の」

「それ以外の意味の宿泊を知らんけど、そうだな」

「ふたり部屋……それって、あたしと流斗の部屋ってこと?」

「まあ、他に候補はいねぇしな」

「ってことは何？　あたしと流斗が一緒の部屋で寝泊まりするってことは、つまり……あたしと流斗が一緒の部屋で寝泊まりするってこと？」

「お、おう、そうだな」

念を押すような確認……いや違う、なんだろう、確認というよりももっと強烈な何かに気圧《けお》されて俺はこくこくと頷《うなず》いてしまう。

すると乃羽は固まり、でもすぐに肩をブルっと震わせて叫んできた。

「流斗のえっちっ!!」

「まあ待て、言いたいことはわかるが俺にもちゃんと考えが――」

「流斗のえっちっ!!」

「何も同じ部屋の同じ空間で寝泊まりするってわけじゃ――」

「流斗のえっちっ!!」

「ダメだ、こいつ、自分の意見を曲げないタイプだ」

壊れたスピーカーみたいにひとつのことしか言わなくなった乃羽。

こうなった乃羽は他人の話を聞かないからなぁ。

叩けば直るだなんて迷信を今回の状況と重ねるわけではないが、俺は部屋の襖をこんっと叩いて、具体的な行動と一緒に宿泊の対応を説明する。

「ほら、この先にもうひとつ小さな部屋がある。俺はそこで寝るから」

「む……でも別に鍵がかかってるってわけじゃないんでしょ？」

「そこはまあ、信頼してもらうしかねぇな」

「流斗の意気地のなさを？」

「もっとこう、あるだろ。誠実さとか人間性とか」

俺ってそんなに頼りなく見えるだろうか。

たしかに威厳だとか覇気だとか、そういうものには無縁な顔つきだと自覚はあるが、女の子の寝込みを襲うようなクズ野郎とまで思われるのは心外だ。

ジトっとした乃羽の視線に抗議じみた視線をぶつけて数秒。

ふんっと鼻を鳴らした乃羽は、ひとまず俺の意見を受け入れてくれたようだ。

「いいわ、信頼してあげる。流斗みたいなクールと無気力を履き違えて、ちょっと捻《ひね》くれた感じが格好いいと思っている可哀想《かわいそう》な男の子を信頼してあげるのなんてあたしくらいしかいないんだからね」

「……そりゃ、どーも」

「流斗みたいな余裕ぶった感じを出しながら、でも結局はクールになんかなりきれなくて、いろいろと不格好になりながらも一生懸命になれる男の子を信頼してあげるのなんてあたしくらいしかいないんだからね」

「ねえ、なんで二回言った？」

「で、でも流斗のそういう、バカで単純で甘ったれだけど、誰かのために一生懸命になれるところは、き、嫌いじゃないわよ。……か、勘違いしないでよねっ！」

「あれ、これ、もしかして褒められてたのか？」

完全に馬鹿にされているかと思っていたが、まさかこの流れで褒められることになるとは思わなかった。意外というか新鮮というか、ちょっとだけむず痒《がゆ》い。

ともあれ、寝泊まりについては納得してくれたようで何より。宿泊の決め事なんて本来は余計なトピックだ。俺たちが時間を使うべきなのはもっと別のこと――。

「じゃあ、そろそろ始めるか。俺たちのダンス合宿を」

「ええっ！」

ごんっ、と音が鳴った。

俺と乃羽の突き出した拳が軽くぶつかり合う音だった。

それは互いの気持ちを確認し、信頼とやる気を共鳴させる心の儀式。だけでなく――俺と乃羽の物語が再び踊り始めたことを知らせる、そんな戦いの合図でもあった。

ダンス合宿。

と仰々しく言っても、その実態はただの泊まり込みのダンスレッスンだ。

中学時代は乃羽《のわ》と一緒に通っていたダンス教室で、大会前の短い期間に『先生』が開催してくれるものだった。曰《いわ》く、ダンスの練習はもちろん、共同生活を送ることでパートナーのことをよく知り、ペアダンスの練度を上げることが目的なのだと。

「……先生、か」

ふと思い出した恩師のことを、口の中で小さく呼んでみる。

基本的には頼りなくてだらしないダメな大人だったけど、踊っているときだけは本当に尊敬できる、最強に格好いいダンサーだったあの人のことを。

ダンスを辞めてからはしばらく連絡を取ってなかったけど、久しぶりにメッセージでも飛ばしてみようかな。……また俺、ダンスを始めましたよ、って。

「……いや」

軽く首を振って、今やるべきこと、その優先順位を考える。

確かめるまでもなく、ダンスの準備だ。

楽曲や振り付けはまだ決まっていないし、その振り付けを覚えるための時間、覚えた振り付けを身体《からだ》に染み込ませる、そのための練習時間だって限られている。

特にペアダンスはパートナーとの連携が命と言ってもいい。動きに乱れがあったり、手足や指の角度などの細かいことですら小さなズレがあれば見ている側に違和感を与えてしまう。反復練習は当然、その練度を仕上げるのにも相当な時間がかかるはずだ。

あとはまあ、半年も俺はダンスをサボっていた。ダンスの勘というか、踊りとしての動きを取り戻すのにもそれなりの時間を使うことが想定される。

つまり、ゆっくりしている時間はない。

ステージまでは、あと一週間。

八桜《やざくら》先生にも協力してもらって、ようやく作ってもらったこの機会。ダンスを踊るため、乃羽と一緒に踊るため、その隣で俺が笑うためにも、合宿の時間は一秒だって無駄にしてはいけないはずだ。


「というわけでまずは、アニメを見ていくことから始めようと思う」

「何でよっ!?」

丁寧な前振りを真っ向から裏切る結論に、乃羽がたまらず声を上げた。

既に運動ができる格好――身軽なスポーツウェアに着替えていた乃羽にとって、俺の提案はやる気に水を差すようなものだったのだろう。

だが待って欲しい、別に俺も酔狂でこんな提案をしているわけではない。

「乃羽、俺たちが踊るのはアニソンダンス……アニメの音楽に合わせて踊るダンスだってことは伝えたな？」

「う、うん、聞いてるけど……」

「アニソンってのはただアニメのときに流れる曲ってだけじゃない。メロディ、ハーモニー、リズム、歌詞、その構成の中にはアニメの世界観が詰まってるんだ」

もちろん俺もそこまでアニソンに詳しいってわけじゃない。その魅力に気づけたのだって、星蘭の影響でアニメを見始めた最近だ。

だけどきっと、好きになることに時間の長さは関係ない。

歌詞から伝わるメッセージや、ビートやリズムに刻まれた独特のテンション感は、聞いている人がアニメの世界により深くハマるための欠かせない要素だ。逆に言えばアニメを知っているのとそうでないのとでは、同じアニソンを聞いても受け取り方は変わってしまうはず。

「だから俺たちがアニソンでダンスを踊るためにはただ曲を覚えるだけじゃなくて、元となるアニメのことも知っておくべきだと思う」

ダンスの技術で重要なもののひとつに、表現力というものがある。

自分の中の感情や想《おも》いをダンスで伝える力。楽曲によってはその曲自体に物語があり、作曲者や作詞者の代わりとなって曲に込められた想いを表現することもある。

その特徴が、アニソンはより顕著だ。

曲の中には物語があり、物語の中を動くキャラクターがいて、キャラクターが心に描いた想いや感情が、歌詞となって音やリズムの上を走っている。

だから俺たちがダンスでアニソンを表現するためには、その中を生きるキャラクターのことを——つまり元となっているアニメのことを深く理解する必要があるはずだ。

「……なるほどね。まあ課題曲の理解って言われれば納得できないこともないわ」

元々はバレエをやっていた乃羽だからか、俺の言っていることをすんなりと受け入れてくれた。俺もそこまで詳しいわけじゃないけど、バレエの演技は『役に入る』ことが大切らしい。演じるキャラクターの感情を、性格を、その背景を、理解して、自分の中で解釈して、動きで、ダンスで、見ている相手に伝わるよう表現する必要があるのだとか。

「で、アニメを見るって言っても何を見るのよ。流斗《ると》だって別にアニメにそこまで詳しいってわけじゃないでしょ？」

「ああ、だからアニメに詳しい特別講師を用意しておいた」

「特別講師……？」

乃羽が聞き返したタイミングで、俺はパチンっと指を鳴らした。

すると部屋の襖が勢いよく開き、そこからふたりの人物が現れる。

「どうも。作品の厳選をした優月《ゆづき》です」

「助手の琴宮《ことみや》です」

「いきなり出てきて何よ、アンタらっ!?」

襖から出てきたのは星蘭と悠馬《ゆうま》。台詞《せりふ》に合わせて、キランっと輝く伊達《だて》メガネをくいっとあげている。どうやらふたりとも形から入るタイプらしい。

突然の友人たちの登場にビックリしている乃羽へ、俺はそれとなく補足を加えた。

「俺の周りでアニメに詳しいっていったらこのふたりだからな。事情を説明したら快く引き受けてくれた。合宿にもこのまま付き合ってくれるそうだ」

「ふふっ、ルーくんの頼みとあらば断るなんてとんでもない。覚悟してくれ乃羽。私の布教力にかかれば、一晩で君をキャラの声を聞いただけで声優がわかるくらいの立派なオタクに仕立て上げてみせる」

「それもう布教力が宣教師のレベルじゃない⁉」

「合宿といえばスポ根作品の定番だからね。主人公たちの成長こそ読者がカタルシスを感じる至高のポイントのひとつ。オタクとして見逃すわけにはいかないよ」

「ねえ、こいつらただ普通にオタ活しに来ただけじゃないの⁉」

ただ単にオタク仲間を増やしに来たっぽい星蘭と悠馬だったが、その行動力には目を見張るものがあった。伊達メガネをぽいっと捨てたふたりはさっそく部屋のテレビにコードやらパソコンやらを繋《つな》いでアニメ視聴の準備に入る。その動きはキビキビと無駄がない。まるで家電とかを設置しに来てくれる業者さんみたいだ。

「ね、ねえ流斗、大丈夫なの？　星蘭たちに任せたら、何も考えずに自分の好きな作品を見せてくるんじゃないの？」

おずおずと不安を口にする乃羽。

だけどそれは杞憂《きゆう》だと、作業中の星蘭たちがつらつらと根拠を挙げていく。

「ルーくんから事情は聞いている。アメリカからの留学生にも通じるようなアニメが好ましいのだろう？　今回の作品の抜粋にあたり、予《あらかじ》め対象地域のＳＮＳを巡回し、話題になっているアニメや楽曲を、その知名度に至るまで調査しておいた」

「加えて黒咲《くろさき》さんはそこまでアニメに詳しくないみたいだからね。ちょっとしたオタク知識が必要そうなファンタジー作品は省いて、わかりやすそうなラブコメやスポ根、現代的な世界観の作品をピックアップしておいたよ」

「めちゃくちゃ考えてるわ、このオタクたちっ!?」

乃羽は驚いていたけど、俺はそこまで意外なこととは思わなかった。

星蘭も悠馬もぶっ飛んだ性格なことは否定しないが、自分の趣味を押し付けるようなことは絶対にしない。俺がアニメを見始めたときも反応や好みを探りながらオススメの作品を抜粋してくれた。

「ね、ねえ、ふたりとも。なんでそんな一生懸命になってくれるの……？」

ふたりの勢いに気圧《けお》されながらも、乃羽は探るように聞いてみる。

その疑問は俺も通った道、だからきっと星蘭たちの答えも同じはずだ。

振り返った星蘭と悠馬は目をピカピカと輝かせながら言った。

「「だって、アニメが好きだからっ!!」」

好きなものを共有したい。

友達と一緒に好きなアニメの話ができたら、それはどんなに素敵なことか。

余計な理由を作る必要なんてない。それっぽく並べた動機よりも、ただ一緒に楽しみたいという気持ちだけが何よりも優先されること。

好きなことを好きと叫ぶ。どんなときだってそれができる星蘭たちは、俺からすればいつだって輝いて見える自慢の友達だ。

乃羽はキョトンと目を丸くしたあと、それから呆《あき》れたように笑った。

「……あーもう、ほんっとうにブレないわね、アンタたちは」

声の調子は呆れていたけど、その口元は優しい弧を描いている。

たぶん乃羽も、俺と同じことを思ったんだろう。

好きなことに全力な星蘭たちは、単純で、まっすぐで、でもだからこそ眩《まぶ》しくて、その生き方に焦がれるほどに憧れる。だから自分もちょっとは素直になりたい……と、そんなことを思ったかまではわからないが、乃羽はふわりと笑って星蘭たちにお礼を言った。

「ありがとう、星蘭、悠馬。あたしたちのために来てくれて」

星蘭たちは不思議そうに目をパチクリとさせた。

きっと星蘭たちからすれば当たり前の、お礼を言われるほどのことでもなかったからだろう。それが当たり前だと思えるふたりのことが、やっぱり俺はどこか誇らしかった。

「よし準備はできた、まずはここ最近の人気作から始め、好みがわかってきてからはそのジャンルの過去作品にまで手を伸ばしてみようではないか」

詳しいことはわからないが、アニメの布教において星蘭の方針は信頼できる。俺たちは並べた四つの座椅子にそれぞれ座った。映画などと似たような期待感、この何かが始まる直前の空白のような時間は、思わずといった形で心が逸《はや》る。

そんな気持ちを誤魔化すなんてわけではないと思うけど、悠馬がパソコンを操作している中、乃羽が隣の星蘭に尋ねていた。

「ねえ星蘭。あんた、いつから襖《ふすま》の奥にいたの？」

「一時間前からだね。始発に乗って、先んじて宿に入らせてもらった。女将《おかみ》さんに事情を話したら快く部屋の鍵も開けてくれたよ」

「……えっと、何のために？」

「意外性を演出するためさ。サプライズというものだよ。驚いてくれたかかな？」

「……そ、それだけのために？」

乃羽《のわ》は心底呆れたような声で言った。

その点に関しては全くの同意である。俺もてっきり星蘭と一緒に合宿地に向かうものだと思っていたのだが、今朝起きたらリビングに『乃羽を驚かせたいから先に行っている』という置き手紙が残されていた。普段は朝が弱いくせに、こういうときに限って活動的なのはどういうことか。だったら日頃から自力で起きて来て欲しいものである。

「ほら、ふたりとも、そろそろ始まるぞ」

釈然としない気持ちを抱えつつも、星蘭の行動にいちいち理屈や効率を求めたって無駄でしかない。理解と納得を諦めて、俺たちはアニメ鑑賞に意識を切り替えた。

＊＊＊

『演技なんてのはね、結局は役に入り込めるかどうかなのよ』

劇団のエースである少女は呆れたように笑って目の前の少年を見下ろしていた。

『つまり、どれだけ自分を捨てられるか。いつまで経《た》ってもガキみたいな理想を捨てられないあんたじゃ、あたしの場所にまでは来れないって』

意地悪に言い放つ少女は、今まさにオーディションに落ちたばかりの少年を嘲笑《あざわら》った。

突き放すような言葉を意識的に使った。

これで終わるか？　これで挫《くじ》けるか？

心の中で浮かべた言葉たちが何を期待していたかは、きっと少女ですらわからない。
『次は泣かす』
涙目の少年は、少女の瞳を少しも逸《そ》らすことなく見据えてそう言った。
いつか辿《たど》り着いてやる、と。
お前の隣に立ってやる、と。
獣のようにギラついた眼光で、自分の理想を欠片《かけら》も捨てずに言い放った。
『ふーん……』
試すようなその声は、少女の心の内を隠す演技だった。
本当は涙が出るほどに嬉《うれ》しい。
この少年が頑張っているのが自分のためだと知っているから。
天才と呼ばれた少女。
誰もがその才能に線を引き、見上げることしかしてこなかった。
そんな孤独な場所を、少年だけが目指してくれた。
自分をひとりぼっちにさせないと、そんな意地のような想いを抱きしめて。
今もまだ、このミュージカルという戦場で戦ってくれている。
褒めたい。讃《たた》えたい。その身体《からだ》を抱きしめて、ありがとうって伝えたい。
『本当にあんたって、演技の才能がないわね』

だけど、口から出ていくのは心とは逆のことばかり。

少年に対してだけは演技の才能を活《い》かせない、そんな自分の心に呆れながら。

『できるならやってみろよ、バカ野郎』

意地悪に舌を出して、そんなことを言ってやった。


ノンギフテッド・ミュージカル。

それは、才能に恵まれなかった少年と、才能にしか恵まれなかった少女が。

ひとつの舞台の上で本当の才能を見つけにいく物語。

＊＊＊

「えぇっ、あっ!? 嘘《うそ》でしょ、そんなっ!?」

テレビの中の舞台、アニメの中で演じられるミュージカルに、乃羽が悲鳴にも似た声を漏らしていた。感情移入がすごい。作品が面白いというのもあるが、バレエを本気でやっていた乃羽にとって、演劇というテーマには親近感があったのかもしれない。いつの間にか抱きしめていた枕を抱き潰しながらアニメに夢中になっていた。

「ひっ、ひっ、ふっ～～っ」

そして俺の隣にいる星蘭《せいら》は、何故《なぜ》だか口に手を当ててラマーズ法で呼吸をしていた。あれだ、妊婦さんが分娩《ぶんべん》のときに痛みを堪《こら》えるのに使う呼吸法。上下する肩に合わせて、揺れ動く顔が苦々しく歪《ゆが》んでいる。

「なにお前、今から子供産むの？」

「ルーくんが望むならやぶさかではないが、今は内なる衝動を抑えているだけさ。こう口を押さえていないとネタバレをしてしまいそうでね……ああ、早く感想を言い合いたい！」

要するに、面倒臭いオタクの性《さが》が出ているだけか。

ちなみに悠馬はその隣で瞼《まぶた》を閉じながら、じんわりと涙を浮かべていた。どうやらこっちはしっとりと浸るタイプのオタクらしい。いろいろとオタクにも種類があるんだなぁ。

今、俺たちが見ているアニメは『ノンギフテッド・ミュージカル』。

とある劇団を舞台に、一流のミュージカル俳優を目指す子供たちの成長を描いた青春アニメだ。放送されたのは二年前だけど、来月には全国の映画館で劇場版が上映されるということで今再び注目が集まっている作品なのだとか。

「ええっ、もう終わりなのっ!?　星蘭、早く次の話を流して！」

「任せたまえ乃羽。私は今、友達が自分の好きなコンテンツにハマってくれる喜びに打ち震えている。できればその可愛《かわい》い顔をじっくり見せてもらっても――」

「いいから！」

　アニメも終盤、物語も最後の展開に向けて盛り上がりを見せている。

　逸る気持ちは俺も同じ。エンディングを省略して、俺たちは最終話の視聴へと臨んだ。

　綺麗《きれい》に伏線が回収されるみたいな、美しい物語とはまた違う。

　舞台で競い合う少年と少女の演舞には剝《む》き出《だ》しの魂をぶつけ合うような熱さがあった。

　鳥肌が立つ。心臓が脈動する。その興奮に自分でも驚きを覚える。まさかアニメでこんなにも熱い気持ちになるなんて数ヶ月前の俺では想像もつかなかった。星蘭と出会わなければ、こんな風にアニメで興奮するなんてことはなかったんだろうな。

　知らない世界を教えてくれた幼馴染《おさななじみ》にこっそり感謝を浮かべつつ、最終幕へと挑む主人公たちの晴れ舞台に意識と気持ちを重ねていく。集中していると時間の進みが早いというのは本当で、たった二十数分の最終話は駆け抜けていくように過ぎていった。

　気づけばもう、エンディング。

　アニメが終わって、テレビが黒い画面を映しても、しばらく誰も声を発しなかった。

　余計な言葉は、胸の中で美しく広がる熱の汚れになると思ったから。

　得体の知れない熱量は、その発散の仕方がわからなくてどうにももどかしい。

「ん〜〜っ！」

　やがて、だ。

　座椅子の背もたれに思いっきり背中を預け、天井を見上げた乃羽がぼそっと漏らした。

「……………………めちゃくちゃ良かった」

その感想を待っていたのだろう。

今まで静かに俺たちのことを見守っていた星蘭がキランっと目を輝かせた。

「そうだろうそうだろう！　しかしこの作品の魅力は表面的なものばかりではない！　特筆するべきはその構成！　最終話までに丁寧に積み上げた伏線を、最後の演技シーンで全て台無しにするという大どんでん返し！　これはおそらく、与えられた台本を捨てて、心のままに演技をする主人公の衝動のメタファーだと言われており、それはつまり定められた宿命から抜け出し、自分だけの道を進み始めたヒロインへの宣戦布告であると――」

「わかっ、わかったから一個ずつ話しなさい！　こっち来るなぁ！」

ぐいっと身を乗り出して詰め寄る星蘭を、乃羽が必死に手で押し返す。

好きなことを話すときの星蘭の瞳はキラキラと輝いていて、やっぱり俺はそんな星蘭の瞳を見るのが好きなんだと改めて思った。そんな内心が顔に出ていたのか、乃羽と戯《じゃ》れ合っていた星蘭が不思議そうな顔でこっちを向く。

「ルーくん、どうしてそんな生の女子高生を視姦《しかん》しながらニヤニヤしているんだい？」

「表現に悪意しかねぇな。ただ、眩《まぶ》しいなって思っただけだよ」

「私の太ももが？」

「もっと他にあるだろ」

星蘭の目に見惚《みと》れていたなんてストレートに言う勇気はないが、だからって変態的な勘違いをされるのはいただけない。普段から緩い服装が好きで、家でも胸元とか太ももとかを露出している星蘭だけど、もちろんそれは今の状況と何の関係もない話だ。だから星蘭さん意味もなく目の前でショートパンツをきゅっと穿《は》き直したりとかしないでください男の子なんです。

これ見よがしに強調される太ももから必死に目を逸らしていると、どういうわけか頬を膨らませた乃羽の不機嫌そうな瞳と目が合った。

「ちょっと、なに急にイチャイチャしてるのよ」

「イチャイチャはしてねーだろ」

何が気に障ったのか、不満をほっぺたにぷっくりと溜《た》め込んだ乃羽が「ふんっ」と鼻を鳴らしてそっぽを向いてしまった。隣にいる悠馬《ゆうま》は「無事にラブコメ主人公として成長しているようで何よりだよ」とうんうん頷《うなず》いている。もうわけがわからん。

理解し難い三者三様の反応はひとまず置き、俺は無理やり話題を戻した。

「それで乃羽、どうする？」

「どうするって？」

「俺たちが踊るのはこのアニメでいいのかって」

正確にはこのアニメに使われているアニソンで、だけど。

「……」

乃羽はゆっくりとテレビの方へと視線を戻した。

もう何も映していない黒い画面。でもそこに、記憶に焼き付いたばかりのアニメの映像を流しているのだろう。

静かな時間が過ぎる。

開きっぱなしの窓から迷い込んだ葉っぱが一枚、テーブルの上にひらりと落ちた。

「うん、これがいい」

やがて呟《つぶや》かれた乃羽の声。

優しく静かで、でもその奥には確かな熱がある、そんな声だった。

「あの子たちの想《おも》いが、すごくわかるから。誰かの隣にいたいっていう気持ちも、そんな寂しさに負けたくないって気持ちも、あたしには痛いほどよくわかるから」

自分の胸に手を当てて、くしゃりと握り締めた乃羽は言った。

大空へと羽ばたくような意志を感じさせるその瞳が、俺へと向く。

「だからあたしが伝える。あたしのダンスで、この子たちの想いも気持ちも表現したい」

「……ああ、わかった」

乃羽《のわ》の声を聞き、その心に触れ、俺はすぐに頷いていた。

それから星蘭と悠馬にも視線を移すと、ふたりもこくりと頷いてくれる。

「いいと思うよ。『ノンギフ』は海外人気もすごい作品だ。それこそアニメ放送時は私が通っていたニューヨークのスクールでも話題になっていた」

「主題歌は『My music is My dance』……楽曲利用は営利目的でなければ大丈夫だと思うけど、お祭りのステージで使うのはどうなんだろうね。……うん、そのあたりは僕が調べておくよ。流斗《ると》たちはダンスの練習の方に集中していていいからね」

「助かる」

友人たちの頼もしい声に感謝しながら、俺は改めて乃羽へと視線を戻した。

浮かべているのは、何かの始まりを予感させる笑み。

窓から流れ込む秋風に靡《なび》いたポニーテールは、俺を新たな物語の入り口へと誘《さそ》うみたいに揺れていて——だから俺も、やってやろうぜと歯を見せて笑って見せた。

第三章 ダンサーズ・イン・ゴーストランド

memory of black feather III

自分で言うのもアレだけど、あたしは面倒くさい女だ。

受け答えは冷たいし、相手の気持ちを慮《おもんぱか》ろうとしないし、中学生のくせにひとりで生きていくなんて考えを拗《こじ》らせているし……そのくせに、たまに誰かと話せたら、ちょっとだけ楽しいなとか思っちゃうし。

冷静に分析をすればするほど自分はなんて面倒くさい女なんだと嫌になる。それなのに悪いところを直そうとせず、捻《ひね》くれた態度を貫こうとするから余計に救えない。

舞織《まいおり》くんもきっと、こんな女の相手なんてつまらなかっただろう。こないだのはただの気まぐれ。大切な昼休みの時間をあたしに使ってくれるなんてこと、今後はもうないだろうなって……そんなことを思ったら、少しだけ胸の奥が寂しさで疼《うず》いた。

「黒咲《くろさき》さん、明日も練習があるんだけど一緒に踊らねぇか？」

とか思っていたら毎日来た。本当に毎日だ。

懲りずにって言い方は変かもしれないけど、昼休みの時間になると舞織くんは隣のクラスからやってきて、あたしと一緒にご飯を食べる。あたしをダンス教室に誘うところまでがお決まりで、クラスのみんなもそれを見慣れた光景のように受け入れていた。

最初の方はちょっとだけ嬉《うれ》しいなって思ったりもしたけど、次第に頭の中の『どうして？』が膨らんでくる。少し関わりを持っただけの相手。態度も返事も冷たい、こんな捻くれた女の子に、どうして舞織くんは時間を使ってくれるのだろうか。

もしかして……。

あたしは思いついたちょっと恥ずかしい可能性を、控えめに聞いてみる。

「……ねえ、もしかして舞織くんって、あたしのことが好きなの？」

「は？」

舞織くんは『何言ってんだこの女？』みたいな顔をした。

ちょっと傷ついた。

「あ、いや！　嫌いなんてことはないぞ！　ただまあ、その、あれだ、まだ俺たちは出会ったばかりだからな。好きとかそういうのは、うーん……」

しかも不器用なフォローまでされた。やめて、ちょー恥ずかしい。

どうやら恋愛的な好意を抱いてる的な推理は、完全にあたしの勘違いだったみたいだ。

一気に赤面して肩をプルプルさせながら、あたしは不貞腐《ふてくさ》れたように聞いてみる。

「じゃあ……舞織くんは何がしたいのよ、こんな面倒くさい女を捕まえて」

そう言うと、舞織くんはちょっと考え始めた。

「んー、確かに黒咲さんは面倒くさいけど」

おい、そこはもっと言葉を選べ。女の子だぞ、こっちは。

ジロっと睨《にら》んでやると、舞織くんは少しだけ恥ずかしそうに言ってくる。

「実は、黒咲さんの身体《からだ》に興味があるんだ」

あたしは、ズザザザ――っと椅子を引いて距離を取った。

「あ、違う、そうじゃなくてだな！」

あたしの反応で言葉選びを間違えたことを察したのか、今度はひとつひとつ言い方に気をつけながら舞織くんは補足する。

「こないだ黒咲さんがダンス教室に来たとき、柔軟とか、基礎練とかをしてるのを見てたんだ。重心はしっかりしてるし、細かい動きも丁寧で、指先までピンと伸びてた。体力もあったし、体幹や、動きを支える筋肉もしっかり鍛えてるんだなって、それがわかった」

「……それで？」

「だから、えっと、なんて言えばいいんだ？　曖昧な言い方かもしんねぇけど――この人、頑張ってる人だって思ったんだよ。いやまあ、何様の感想だって話だけど」

「……ふーん」

舞織くんは失礼なことだと思っているみたいだけど、あたしはちょっと嬉しかった。

そういう細かい部分っていうか、目に見えない努力に気づいて、言葉にして伝えてくれるってのはやっぱり嬉しい。……意外とよく見てるんだなって、こっちこそ何様の意見だよって感想を心の中でこっそり呟く。

「で、だから何なのよ？」

相変わらず意地悪な聞き方しかできない自分に呆《あき》れながら質問を重ねる。

舞織くんは相変わらず恥ずかしそうに頭を掻《か》きながら答えてくれた。

「だから、まあ……そんな頑張ってる人と一緒に踊れたら、楽しそうだなって」

「……」

なんていうか、心の奥の底の方で疲れたような溜め息が漏れた。

この人はただ純粋なだけなんだ。

ダンスが好きで、自分の中の楽しそうなことに全力で、まっすぐなだけなんだ。

変に警戒していた自分が馬鹿らしくなってくる。

心の壁を作るのも、もう疲れた。舞織くんは察しが悪いから、あたしの突き放すような態度にも気持ちにもどうせ気づかないだろう。

だから、うん。

しつこい勧誘に折れたってわけじゃないけど、今まで失礼なことを言ったお詫《わ》びとか、昼休みに毎日会いに来てくれるお礼とか、そんな言い訳を丁寧に並べて、捻くれた心を宥《なだ》めるように説得して、どうにかあたしはその言葉を絞り出した。

「……次、いつよ」

「え？」

「練習の日。付き合ってあげるって言ってんの」

「本当か！」

不貞腐れたような言い方だったのに、舞織くんは本当に嬉しそうで。

そんなことで嬉しくなっている自分の心に、単純かよってツッコミを入れた。

＊＊＊

「……んあっ」

不意に目を覚ますとスタンドライトの眩しさが目に入った。

鮮烈な光に網膜が焼かれ、驚きと同時に一瞬で意識が冴《さ》えてしまう。暗い部屋。机に向かって座る俺。時計の針は深夜の三時。状況を把握する。

「ああ、寝落ちしてたのか……」

机に広げたノートには『ノンギフテッド・ミュージカル』の作中で主人公たちが演じていたダンスについての俺なりの考察が書き殴られていた。ちょっとヨダレで汚れてしまった部分もあるが……まあ、読めるから問題ないだろう。

ふと後ろを振り返れば、畳に広げた布団の上で悠馬《ゆうま》が綺麗《きれい》な姿勢で寝ていた。

両腕をピシッと身体に付けた『気を付け』の姿勢。中学の校外学習で行ったエジプト展で、ミイラがこんな姿勢で展示されていたのを思い出す。

「……って、違う違う」

悠馬を起こさないように小声で呟きながら、俺は机へと視線を戻す。

ノートの横に置いたスマホ、起動した画面には『ノンギフテッド・ミュージカル』の演技シーンが一時停止した状態で止まっていた。

そうだ、この部分のステップがよくわからなくて何度も繰り返し再生していたんだ。

「……ひとつひとつの振り付けが大きいな。遠くの観客からも動きが見えやすくするためか？　動きはしなやかで力強く、それでいて躍動的……ジャンルとしてはバレエとかジャズダンスに近いな」

ぶつぶつと呟くことで、自分の中の思考を整理する。

大事なのは全てを忠実に再現することではなく、アニメのイメージを現実のダンスに持っていくこと。

二次元だからこそ可能な動き、アニメ映像の中には人間の筋肉や関節では再現不可能な振り付けもあったりする。でも全てを真似《まね》る必要はない。ダンスには無限の表現方法がある。足りない部分は創意工夫で補おう。アニメ全体のイメージを崩さずに、いかにキャラクターを表現するか……。

「うん、まだやれる」

夜風に揺れる樹々《きぎ》の音、その静かな騒めきを聞きながら俺はノートにペンを滑らせる。

ダンスの振り付けを考えるのなんていつ振りか。

少しだけ眠気が意識を引っ張ってくるけど、気づかないフリをして思考を走らせる。

大丈夫、これくらい何ともない。

頑張り方なんて、とっくのとうに知っているから。

……そして、俺が再び目を覚ましたのは近くに人の気配がしてからだった。

「ふむ、これは珍しい。私がルーくんの寝顔を見るなんて」

聞き慣れたその声に薄く目を開けると、館内着である浴衣を着た星蘭《せいら》と乃羽が上からこちらを覗《のぞ》き込んでいた。華やかな柄とは言えないが、たおやかで柔らかいふたりの浴衣姿に寝起きの思考が攫《つか》まれる。見惚《みと》れていた、と言い換えてもいいだろう。

瞼《まぶた》は重く、意識はまだぼんやりとしている。まとまらない思考でどうにか現状を確認すると……どうやら薄目のままの俺はまだ寝ていると思われているらしい。

「そんなに珍しいことなの？」

「ああ、基本的に私はルーくんに起こしてもらう側だからね。まず七時十五分に部屋の外から声をかけてもらって、それでは起きないから七時二十分に扉をノックしてもらう。それでも起きないから七時二十五分には部屋に入って直接起こしてもらい、だが私は二度寝をしてしまうから七時三十分にもう一度起こしに来てもらう。そこから急いで朝の支度をして学校に向かうというのが私とルーくんの毎朝のルーティーンだ」

「とりあえず流斗《ると》に謝っときなさい」

本当にそうだ。まあ謝罪はいいけど、せめて感謝の言葉くらいは欲しい。

というかそこまで自覚があるなら一度目の声かけで起きて欲しいものである。

「しかし乃羽《のわ》、見てくれ。ルーくんの寝顔もそうだが、このお腹《なか》は実に見どころがあると思わないかい？」

「む、それは確かに……」

続く言葉、どこかそわそわした星蘭と乃羽の声に俺は自分の状況を顧みる。

深夜に振り付けを考えたあと、俺はすぐに布団に倒れ込んで眠りについた。その勢いのせいか、それとも寝返りでも打ったのか、星蘭たちと同じく着ていた館内浴衣がぺろりとめくれて腹部が丸出しになっていた。

山の朝は涼しく、ひやりとした感触が露出した肌を撫《な》でる。

ステージも近いし、体調不良は避けたい。咄嗟《とっさ》に浴衣を着直そうとした俺だけど……。

ふとその瞬間、魔が差した。

このまま寝たフリを続けていればふたりはどんな反応をするだろうか、と。

寝起きの思考だ、特にこだわった意味があるわけでもない。

会話からして、星蘭と乃羽は俺の腹部に興味がある様子。別に誇るほどのことでもないと思うが、ダンスのために鍛えた腹筋はそれなりにパキリと割れていた。

肉体美を見せつけたいなんて欲はないけど、それでも、ジッと俺の腹筋を見つめてくる星蘭と乃羽の視線が気にならないと言えば嘘《うそ》になる。

だからまあ、ちょっとした好奇心というか期待感というか。

このまま寝たフリを続けていたらどうなるだろうかと、そんなイタズラ心にも似た気持ちでふたりの反応を待っていると――。

「乃羽はダンゴムシの生態を知っているかい？」

「いきなり何よ」

本当に何だ。

予想外過ぎる星蘭の切り出しに、危うく口からツッコミが漏れかけた。

「ダンゴムシは曲がり角が連続すると、右、左、右と交互に曲がる習性があるんだ。交替性転向反応と呼ぶものだね。ほら、このように」

そう言って星蘭は、つつつーっと俺の腹筋の溝に指を滑らせた。

割れた腹筋の線を曲がり角に見立てて、右に左にとこそばゆい感覚が走っていく。

いきなり始まった謎のダンゴムシ講義に、乃羽は呆れているかと思いきや――。

「ふ、ふーん、そうなんだ。こんな感じ……？」

意外にも乗り気で、星蘭と同じように俺の腹筋に指をなぞらせてきた。

躊躇《ためら》いがちな手つき。顔を赤らめた乃羽の指先は、何かを探るかのような柔らかいタッチで腹筋の凹凸を辿《たど》っていく。その遠慮気味な触り方はどこまでももどかしい。

しかし、うん、なんだろう。

前提というほどのことでもないが、星蘭も乃羽も間違いなく美少女だ。可愛《かわい》い女の子に触れられるというこの状況に、男なら少しくらい湧き立つ感情があってもいいはずだが、俺の心は凪《なぎ》の湖のようにピクリとも反応しない。

何故《なぜ》だろうかとその理由を考えて、すぐにそれに思い至る。

問：可愛い女の子たちに触れられても心がトキめかない理由を述べよ。

答：ダンゴムシの習性を説明するための教材にされているから。

「――っ」

しかし星蘭の指がへそを撫でた瞬間、思わず背筋がピクッと跳ねた。

その反応をどう思ったのか、乃羽も続いて指先を滑り込ませてくる。ふたりの人差し指がくちくちとへそをかき混ぜてきて……なんだろう、なんて言えばいいのだろう、うまく言葉にできないが、とにかくよろしくない何かが身体《からだ》の奥底から込み上げてくる。

これにはたまらず、反射にも近い形でふたりの手首を摑んだ。

突然動き出した俺に驚く星蘭と乃羽へ、半眼を作りながら言ってやる。

「……何してんの？」

「夜這《よば》い」

「……だったらもう少し後ろめたい感じでいてくれ」

そもそも、もう夜は明けている。

寝込みを襲うという点には間違いないが、それ以外の全てが間違っていた。

もう目を覚ましたというのに、星蘭と乃羽は摑まれた手をぐぐっと押し込んで俺のへそに指を伸ばそうとしてくる。このやろう、開き直りやがった。

たまらず俺も抵抗し、朝っぱらから謎の鍔迫《つばぜ》り合《あ》いが開幕する。

不毛な戦いは、悠馬が朝ごはんの準備ができたと呼びに来るまで続いた。

旅館の朝食を食べ終え、俺たちは少し歩いたところにある森林公園に向かった。

天気がいい。柔らかい日差しはポカポカと暖かく、樹々の間を駆け抜ける秋風も気持ちいい。都内ではあまり経験しない勾配のある山道も新鮮で、見晴らしのいい場所なんかを見つけたときはつい足を止めて紅葉を楽しんでしまう。そんなんだから、山の中腹にある公園に辿り着くだけなのに随分と時間がかかってしまった。

「おお、もうだいぶ祭りの形ができているではないか」

公園に入ってすぐの光景に、星蘭が嬉々《きき》とした声を上げた。

ずらりと並べられた屋台。あちこちでは提灯《ちようちん》がぶら下がり、ふとすれば祭囃子《まつりばやし》が聞こえてきそうな騒々しさがある。屋台の組み立てはまだ完璧ではないし、提灯にも灯《あか》りはついていないが、祭りの雰囲気を感じ取るならこの光景だけでも十分だろう。

この森林公園こそが佐々譜《ささうたし》市紅葉祭りの会場。

俺たちがここに訪れた理由はダンスの練習のためというのもあるが、週末にある本番に備えたステージの下見という側面も大きい。

「じゃあ流斗、僕は運営の人にステージについていろいろ聞いておくよ」

「お前に任せて大丈夫か？」

「ふふっ、流斗は僕を誰だと思っているのかな？」

「純度高めのオタクで、ラブコメの波動を感じ取れる変なやつ」

「褒め言葉だね」

にこりと微笑《ほほえ》んだ悠馬は運営本部っぽいテントの方へと向かっていった。

苦言を漏らしはしたものの悠馬のことは信頼している。社交性はあるし要領もいい。きっと俺たちの知りたいことを取りまとめておいてくれるだろう。頼れる友人の背中を見送ったあと、俺たちはダンスが踊れそうな少し開けた場所へと移動した。

「んじゃ、さっそく始めるか。振り付けを書いたノートは持ってきてるか？」

「もちろんよ」

そう言って乃羽は、俺が今朝渡したノートを取り出した。

青空の下にポニーテールを揺らす乃羽の格好は動きやすそうなダンスウェア。半袖のトップスに黒のロングタイツとハーフパンツの組み合わせ。シンプルなセットだがカジュアルでおしゃれな雰囲気がある。

ダンスを踊るときは気分も大事だからな。自分の好みの服装を選ぶのも大切なこと。かくいう俺も今日はお気に入りのスニーカーを履いてきている。

「とりあえずそこに書いてあるのは俺が昨晩考えて作った振り付けだ。アニメの内容とか雰囲気、キャラの気持ちとかを意識して作ってみたけど、まだ曲に合わせて踊ってみたりとかはしてねぇから改良の余地ありだ。気になるところとかあったら言ってくれ」

俺の説明を聞きながら、乃羽はパラパラと頁《ページ》をめくる。

今どきノートで手書きだなんて古い考えかもしれないが、どうもこのアナログなやり方が抜けない。そのうちもっと効率的な方法を学ぶとして、とりあえず今回はこの古臭いやり方を通させてもらおう。

「これ一晩で考えたの？」

「そうだが？」

「相変わらず流斗ってダンスのことになると変態ね」

ひどい言われようだ。

思わずジト目で相棒のことを睨《にら》んでみるが、乃羽は楽しそうな笑顔で受け流すだけ。釈然としない気持ちをぶら下げつつも、ちょっと引いた位置にいる星蘭へと振り返る。

「星蘭は見ていて気づいたことがあったら言ってくれ。どんな細かいことでもいい」

「私は別にダンスのことは詳しくないが大丈夫かい？」

「そういう視点からの意見ってのも大事だからな。特に星蘭は原作のアニメファンだ。作品が好きな人からだとどう見えてるのかってのも教えて欲しい」

「そういうことなら任せたまえ。『ノンギフテッド・ミュージカル』通称『ノンギフ』は私も大好きな作品だ。公式ファンブックだって持っている。全ての原作ファンを代表して、私の曇りなき眼《まなこ》がルーくんたちのダンスを見極めよう。特に乃羽の健康的でちょっとえっちな二の腕とか太ももとか！」

「煩悩に曇りまくりじゃねぇか」

瞳はキラキラと輝いているのに、言動は欲望でどろどろと汚れていた。

とはいえ、えっちかどうかはさておき、乃羽に見惚《みと》れる気持ちはわからなくもない。

普段から運動している乃羽の身体には一切の無駄がなく、健康的でしなやかな肉体美が輝いている。特に星蘭《せいら》の言うように二の腕や太ももは、いっそ眩《まぶ》しさを感じるくらいにまで煌《きら》めいて見え「何いやらしい目で見てるのよ、えっち」しまった、じろじろ見過ぎた。

こほん、とわざとらしく咳払《せきばら》い。

話題を逸《そ》らす意味も込めて、それとない疑問を星蘭にぶつけてみる。

「アニメの略称ってのは誰がどうやって決めてるんだ？」

「公式が決めることもあれば、ネットで使われていた略称がいつの間にか浸透するなんてパターンもある。決め方についてはルールなんてものはないと思うよ。人のあだ名と同じように大事なのは呼びやすさだね。ほら、昔のルーくんが私のことを『星蘭たぁ～ん♡』と呼んでいたみたいに」

「どこの誰の何の記憶だ」

途中までは完璧だったのに、最後の捏造《ねつぞう》でいろいろと台無しにする星蘭の説明だった。

そして今更ながら、そんな星蘭の格好に注目してしまう。

ヨガウェアといったか、フィット感のあるおしゃれなトップス。下半身にはスウェット生地のジョガーパンツという動きやすそうな格好。星蘭のスタイルの良さがよくわかるような着こなし。似合っているのは間違いないが、まるでこれからフィットネスでも始めようかというファッションに小さく疑問を抱く。

「いやなに、私も少しダンスを踊ってみようかと思ってね。ルーくんや乃羽《のわ》のような本格的なものは難しいが、『ノンギフ』にはSNSで話題になったポップで踊りやすいショートダンスがある」

俺の内心を読んだのか、耳にかかった髪を搔《か》き上げながら星蘭が言ってきた。

「なんでまた急に」

「私はモデルだからね。ブームが過ぎたとはいえ、流行《はやり》モノにはきちんと乗っかっておかなければ。SNSの稼働も立派なモデル活動のひとつだよ」

それっぽい理由。

だけど星蘭の瞳がちょろっと揺れたのを俺は見逃さなかった。

「本当の理由は？」

「……私が広告モデルを務めたドーナツショップからご好意で新作ドーナツをいくつか差し入れてもらってね。あれは悪魔だよ。カロリーの爆弾だ。揚げ菓子というジャンルにはいつだって欲望と誘惑が渦巻いている」

「つまり食べ過ぎたからちょっと身体を動かしておきたいと」

「わ、私は悪くない！　だって美味《おい》しいものは糖と脂でできている!!」

何やら名言っぽく、言い訳っぽいことを叫ぶ星蘭。

瞳がきょろきょろと泳いでいるのは自制ができなかった自分への後ろめたさか、それともそんな理由でダンスを踊ろうと思う罪悪感からか。別に気にすることでもないのに、近くで見た幼馴染《おさななじみ》の顔はどこか気まずそうに歪《ゆが》んでいた。

「その、やっぱりよくないかい？　こんな理由でダンスを踊ろうだなんて」

「いや、んなこたぁねえよ」

星蘭の瞳を見つめながら、きっぱりと言い切る。

理由なんてなんだっていい。きっかけなんてどんなものだっていい。

ちょっと身体を動かしたい。楽しくダイエットをしたい。目立ちたい。人気者になりたい。流行に乗っかりたい。ＳＮＳで話題になりたい。

きっと誰だって踊り始めの最初の一歩は、そんな安易で単純な動機だっただろう。

俺がダンスを始めたのだって、テレビで見たダンサーに憧れたなんていう子供っぽい理由……っていうかまんま子供のときの憧れが最初のきっかけだった。

始まりの一歩はなんだっていい。

たとえそれがどんな理由だったとしても。

「星蘭がダンスを好きになってくれたら、俺も嬉《うれ》しい」

「……っ」

ついこないだまでダンスから目を逸らしていた俺が言うのもなんだけど、それは嘘偽《うそいつわ》りない本心、心の底から溢《あふ》れ出た素直な言葉だった。

星蘭とも、いつか一緒に踊れたら――。

気の早い妄想に思わず顔がにやけてしまう。こんな簡単なことで笑えてしまう自分の単純さに呆《あき》れて、どうしようもない笑みを浮かべてしまう。

「………うん、やっぱり好きだなぁ」

「好き？　ダンスのことがか？」

「ふふっ、そういうことにしておいてあげよう。ルーくんは鈍感だからな」

「……？」

小悪魔っぽく微笑んだ星蘭が、唇に指を立てながら言ってくる。

ぼやかすような言い回しに違和感を覚えるが、優しく細められた星蘭の瞳を見ると、なんとなくそれ以上の追及を躊躇《ためら》ってしまった。ふわりと香る甘い匂い。秋風になびく金色の髪が紅葉の赤を背景に星空のような輝きを散らしていて――。

「よし流斗《ると》、とりあえずイントロまでは覚えたわ。まずは軽く踊ってみて……流斗？」

「――っ」

ぱたんっ、と。

乃羽のノートを閉じる音で我に返る。黒髪のポニーテールを揺らした相棒は、星蘭と向かい合った俺を見て、こてんっと首を傾《かし》げた。

「なんか、ぼーっとしてた？」

「いや、別になんでもねぇよ」

努めていつも通りの声と顔を作りながら、小さく首を横に振る。

危ない危ない。……いや、別に危なくはないが、星蘭に見惚れてぼんやりしていただなんて絶対に知られたくない。意識的に表情筋に力を込めて平静を装う。動揺を心の奥底に閉じ込める。だけど視界の端で、星蘭がくすりと微笑んでいるのが見えてしまった。

全てを見透かされているようなその笑みに、ぐつぐつと胸の内で羞恥が泡立つ。

必死に蓋を被《かぶ》せても、吹きこぼれるように身体《からだ》を巡る熱が止まらない。

「なんか流斗、顔が赤いわよ？」

「……まあ、紅葉のシーズンだからな」

「流斗って葉っぱだったの？」

顔を背けながら言った苦し紛れの軽口に、乃羽の胡乱《うろん》げな視線が突き刺さる。

熱を逃がすなんて意味ではないけど、誤魔化すように俺は準備運動を始めた。不思議そうな表情は残っていたけど乃羽も俺に続いて身体のあちこちを伸ばし始める。

このときだけは余計な軽口も挟まない。

怪我《けが》への予防は『先生』がいつだって真剣に教えてくれたこと。その教えが心に刻まれている俺たちにとって、ダンス前の準備運動にはちょっとした神聖さがある。

「ところで――」

俺たちの準備運動を見よう見まねで真似《まね》ていた星蘭がふいに聞いてくる。

「ルーくんも乃羽もその格好で寒くないのかい？」

疑問、というよりは心配するような声音の問い。たしかに星蘭よりはずっと薄着だし、乃羽が着ているのなんかお腹《なか》が出ているダンスウェアだ。十月の山の空気は冷たい。風が吹いたときなんかはひやりとした感覚が背筋を震わせてくる。

「まあ、正直に言えば少し肌寒いな」

「そうね。思ったより涼しくてちょっと驚いてるわ」

「だったら私が宿まで戻って上着でも取ってこようか？　なに、ちょっとしたジョギングだと思えば、そう大した距離でもない」

星蘭の気遣いを有り難く思いながらも、手を振ってその提案を断る。

「いや大丈夫だ」

「ええ、気持ちだけもらっておくわ、ありがとう」

何故《なぜ》？　という視線を向けてくる星蘭に、俺と乃羽は口を揃《そろ》えて理由を言った。

「「どうせすぐに熱くなるから」」

＊＊＊

「乃羽、少しテンポが遅れてるぞ。もっと音を聞け」

「ふんっ、流斗だって腕の振りが雑よ。リズムを合わせるのに意識がいき過ぎてダンスが疎《おろそ》かになってるじゃない。ちゃんとあたしに合わせて」

「雑になってるわけじゃねえ。意味があって大きく動かしてんだ。ステージは見ただろ？観客の位置はけっこう遠い。派手な動きにしねぇと見栄えが悪いだろ」

「あら、なら細かい部分はテキトーでもいいっていうの？　違うでしょ？　ダンサーだったら指先から髪の広がり方まで、身体の全部を意識しないと」

「おいおい、だとしたら笑顔が硬ぇな？　表情筋に意識はいってるか？」

「流斗だってそれが笑顔のつもり？　もしかして笑わないのが格好いいとか思ってる？思春期？　思春期なの？」

スマホに繋《つな》げた小型スピーカーからアップテンポなアニソンが流れる。

合いの手の如《ごと》く挟まれる悪態は、まるで互いを鼓舞するように口を衝《つ》いてやまない。

それでいてダンスも並行し、ステップは細かく、でも動きは派手に、音の中のビートを捕まえながら大胆にリズムを踏む。

軸足を回転させたターン、横方向に回る視界。

その途中。

斜め後ろで踊っていた乃羽と、目が、合う。

——その程度？

——んなわけあるか。

一瞬の視線の衝突、浮かべた不敵な笑みだけで挑発的な言葉を交換した。

息が苦しい。疲労の溜《た》まった足が休息を求めている。

でもそんなみっともない欲求が、それよりもずっと大きな感情に塗り潰される。

負けてたまるか。

乃羽は俺の頼れる相棒で、心から尊敬できる大事な友達だけど。

いや、だからこそか。

最も近くにいて、長い時間を共に踊ってきた相手だからこそ。

負けたくない。弱いところなんか見せたくない。

強いところばかりを見せて、俺は頼れる相棒なんだと見せつけたい。

そんな幼い気持ちが原動力となって俺の身体はステップを踏む。ダンスを踊る。

幼稚な感情だとはわかっている。くだらない闘争心だとも思う。

でもこれこそが俺たちのコンビの形、『ＲｕＴｏ』と『Ｎｏｗａｗａ』のダンスなんだ。

「はぁ、はぁ……はぁ……」

曲の区切り、音の途切れたタイミングで。

俺たちの息継ぎが、そのリズムまで綺麗《きれい》に重なった。きっと偶然じゃない。曲に合わせて踊り続けていたから、身体にリズムが染み込んでしまったみたいだ。

酸素を欲する肺、頬を伝う汗、足は重く、重力を思い出したかのように立っているのが辛《つら》い。でも倒れ込むのは負けた気がするから気合いで堪《こら》える。

隣では俺と同じく汗まみれになりながらも、意地の笑みを浮かべる乃羽がいた。

「はんっ、やるな乃羽」

「そっちこそ、ブランクがあるくせにやるじゃない」

パンっと手を打ち合った。

からっと晴れた秋空の下に小気味いい音が鳴る。

ダンスにも勝ち負けはあるけど、それが全てじゃない。誰よりも上手に踊りたいという気持ちはあるし、自分より上手《うま》く踊れる誰かがいたら嫉妬もする。

でもどんなときだって、ダンスを楽しむことを忘れてはいけない。そのために必要なことは、一緒に踊ってくれたダンサーには常にリスペクトを持つこと。

人並みな言い方かもしれないけど、全てのダンサーはライバルであり仲間だと、そんな風に思えたらいいなと俺は思っている。

「んじゃ、今のところを確認するか」

「そうね。まだ全体的にダメダメだけど、やっぱりサビ前の動きがちょっと遅れちゃったから、そこを重点的に確認したいわ」

でもその前に水を取ってくるわ、と乃羽《のわ》はまとめておいたリュックの方へと向かった。

秋風に煽《あお》られるポニーテールがふりふりと揺れていて、玩具《おもちゃ》に踊らされる猫みたいに綺麗な黒髪を目で追ってしまう。……って、見惚《みと》れている場合じゃない。軽く首を振ってから、俺はスマホを構えたままこっちを見ている星蘭《せいら》に声をかけた。

「どうだ、ちゃんと撮れたか？」

「……あ、ああ、たぶん問題ないと思う」

「悪いな、急に撮影なんか頼んじまって」

「いや別に、それは構わないのだが……」

驚き――。

というよりは呆気《あっけ》に取られている表情の星蘭が躊躇いがちに聞いてくる。

「その、なんだい？　随分と激しいというか、言い合いに遠慮がないね？」

「ああ、それは先生の方針なんだ。俺たちにダンスを教えてくれた人の」

「方針？　というと？」

「感情はぶつけ合え。言いたいことを黙るな。喧嘩《けんか》するときは喧嘩しろ。それで――」

「――ぶつけ合った全部をダンスで表現しろ」

後ろから、気持ちのこもった声が背中を叩《たた》く。

振り返ると、言葉の最後を受け継いだ乃羽が俺にペットボトルを差し出していた。

「これでもけっこうマシになった方よ。昔は言っていいこととダメなことの境目がわからなかったから、それこそ余計な、言いたくないことまで言っちゃって」

「懐かしいな。それでいっつも食べ物の好き嫌いとか犬派だとか猫派だとか、関係ないことまで言い争って喧嘩してたな」

「犬猫論争は今でもあたしは納得してないわよ。猫の方が気まぐれで可愛《かわい》いじゃない」

ふんっ、と鼻を鳴らす乃羽からペットボトルを受け取る。

そんな言い争いの日々を楽しかったとまで美化するつもりはないけれど、あの時間があったからこそ俺たちは本当の意味で相棒になれたんだと思う。

自分で言うのもなんだが、俺も乃羽もこだわりが強い。やりたいことや目指したい場所があったらそう簡単に意志を曲げない頑固さがある。

俺たちが今でも並んで踊れているのは、俺と乃羽の目指したい場所が似ていたから。全てをぶつけ合って、それでもまだ隣にいてくれる相棒がいる。それはまるで奇跡みたいな幸運なんだと――そこまで言ってしまうのは、さすがに大袈裟《おおげさ》だろうか？

「…………………いいなぁ、その関係」

ふと。

心の中の何かが溢《こぼ》れてしまったみたいな、そんな声が聞こえて振り返った。透明な笑顔というか、自分では届かない遠くの星空を眺めるような星蘭の顔がそこにはあって、俺は首を傾げてしまう。

「星蘭？　俺たちの話聞いてたか？」

「聞いているよ。乃羽には猫耳が似合いそうだという話だろう？」

「ひとつも聞いてないわね」

いつもみたいなふざけた星蘭の軽口に、呆《あき》れた乃羽のツッコミが入る。

その表情はいつものウザい笑顔で、さっきの一瞬に垣間見《かいまみ》た透明感はどこにもない。

俺の気のせいだったのか？

頭の中には違和感が残っていたけど聞き返すほどの確信があるわけじゃない。なら掘り返すほどのことではないだろうと切り替えて、撮影してもらった俺たちのダンスを乃羽と一緒に見直した。

「星蘭は何か気になったことはないか？　細かいことでもいいぞ」

「気になったこと、んー、そうだね。感覚的なことで申し訳ないが、いつものルーくんのダンスより随分と慌ただしく感じたかな？」

「それはあれだな。普段の俺たちのダンスジャンルがヒップホップだからだな」

「今回は違うのかい？」

「ベースはヒップホップだけどいろいろとアレンジを加えている。アップやダウン——身体《からだ》の浮き沈みでリズムをとるヒップホップはあまり早い曲には合わないんだ。今回の曲はかなりテンポが早い。ＢＰＭ１８８のヒップホップとか人間にできる動きじゃねえ」

「ルーくんでも無理なのかい？」

「一応俺も分類的には人間だからな」

　ＢＰＭとは簡単に言ってしまえば曲のテンポのこと。具体的に言えば一分間の拍数を表すものである。吹奏楽部とかがメトロノームを使って練習をするときの、あのカッチカッチが一分間に何回鳴るかってのがＢＰＭだ。

「でもヒップホップは自由度の高いダンスだ。決まった型とかも特にはないし、他のジャンルのダンスを取り入れちゃダメなんてルールもない。表現の仕方は無限大で、曲や伝えたいことに合わせて俺たちは自由にダンスを作ることができる。もちろんそれはヒップホップに限ったことじゃない」

　時代や文化、流行の移り変わりなどによってダンスとは変化するもの。その結果として現代では本当にたくさんのダンスジャンルがある。ヒップホップひとつに注目したって、その中にも様々な種類があるし、ヒップホップダンスが派生してブレイクダンスやポップダンス、ロックダンスなどの別ジャンルのダンスが生まれたりすることもある。

様々な種類へと派生したダンスだけど、でもきっと、その本質は同じもの。

ダンスで伝えたいことがある。

その気持ちさえ忘れなければ、ダンスとはどこまでも無限に広がることができ、何よりも自由に踊れるものだ。きっと正解はたくさんある。間違っていると思った道が正解だったなんてこともある。決まった型も守るべきルールもないけれど、最後にみんなで笑い合うことができれば、それがダンスの正解なんじゃないかなと俺は思う。

ちょっと綺麗事かもしれないけど、そうであればいいなと俺は思う。

ふと顔を上げると、優しく瞳を細めている星蘭がいて――。

「楽しそうだね、ルーくん」

「楽しいよ。ダンスはいつだって」

俺にダンスの楽しさを思い出させてくれた幼馴染《おさななじみ》にそんな言葉を返す。

胸を張ってそう言えたことが、ちょっと誇らしくて、少し恥ずかしかった。

＊＊＊

それから太陽は三回沈んで、三回昇った。

水曜日の夕方。

旅館の裏に広がる樹々《きぎ》に囲まれた場所には、ちょっとしたキャンプスペースがある。キャンプといっても実際に寝泊まりをするような場所ではなく野外にある調理場というイメージ。ブロックを組み立てて作った釜戸やお米を炊くための飯盒《はんごう》など、林間学校の調理実習を思い出させるような設備が揃《そろ》っている。

「メインのカレーは私が作ろう。ルーくんたちはお米の準備を頼むよ」

そう言って場を仕切るのは星蘭。

自前のエプロンは部屋着にしているパジャマと同じ星条旗柄だ。見慣れてしまったその色彩に安心感を覚えてしまうのは何故《なぜ》だろう。共感してもらえないだろう感情を胸の内で燻《くすぶ》らせていると、隣の乃羽が怪訝《けげん》そうな視線を浮かべていた。

「……星蘭に任せて大丈夫なの？　あんまり料理とかできるイメージはないけど」

確かに普段の星蘭からはイメージが湧かないかもしれないが、実際はそうでもない。

乃羽の懸念を解消するためにも、俺はやんわりと言葉を添えておく。

「いや意外かもしれないけど星蘭は料理ができるぞ。日本に来てばっかのときはキッチンの使い方に苦戦してたけど、今では普通に母さんから夕飯の一メニューを任せられるくらいには美味《うま》いもんを作れる」

「そうなの？」

「ふふっ、安心したまえ。星蘭ちゃんにかかれば夕飯作りなんて朝飯前だぞ」

「仕込み早いわね」

星蘭の言葉遊びに呆れたツッコミを入れる乃羽は、旅館が用意してくれたエプロンをかけている。ポニーテールも相まって随分と家庭的な印象を受けるが、実はそれがどれだけ危険なことかを俺だけは知っていた。

「乃羽、今日もダンスで疲れただろ？　米の準備は俺に任せて休んでくれていいからな」

「……？　なんでよ、あたしだって手伝うわよ？」

「いいから。任せろ。俺が。やるから。乃羽は。大丈夫だから。任せてくれ」

「……？……？……？　わ、わかったわよ……」

いつになく強い俺の勢いに、乃羽は不承不承といった顔で引き下がってくれた。それでも何もしないのは嫌なのか、飲み物の用意とか洗い物に手を貸してくれている。

その様子にホッとしながら、俺もお米を炊くための準備を始めた。

「流斗《ると》、ダンスの調子はどうなの？」

そう聞いてきたのは、お米を洗う俺の横でザクザクと野菜を切っている悠馬《ゆうま》だ。

顔がいいからか、三角巾を被《かぶ》った姿にはどこか愛嬌《あいきょう》がある。

「順調だな。思ったより早く振り付けを決められたのが大きかった。練習に長く時間を割けたおかげで、もうそれなりに魅せられるダンスにはなってるはずだ」

俺自身、思ったよりも身体がダンスを覚えてくれていた。

おそらくステージが明日だと言われてもそれなりのパフォーマンスができるだろう。もちろん、俺も乃羽も『それなり』で満足するような気質ではないので、本番までに少しでも細部を詰めていこうと思っているが……。

ともあれ、時間に追われるような展開にはならなくて本当によかった。

「じゃあ、時間的には余裕ができたってことだよね？」

「余裕とまではいかねぇかもだけど、ちょっと遊ぶくらいの時間は取れるって感じだな。こうやってキャンプ飯をするくらいには」

「それならさ、明日——」

悠馬が何かを言いかけたとき、ボワっと釜戸から火勢があがった。

驚いてそちらに顔を向けると、いつの間にか火起こしを始めていたらしい乃羽が満足げにふんすっと鼻を鳴らしている。……火、好きなんだろうか？　ほら、なんとなく炎属性って攻撃的なイメージがあるし、勝ち気な性格の乃羽にピッタリな気がする。

「流斗、火の準備ができたわよ。お米持ってきて」

「お、おう、わかった……」

調理は俺に任せて欲しいと言ったはずだが……まあ、食材に触らせなければ大丈夫か。

洗ったお米を詰めた飯盒を持って、俺は悠馬へと振り返る。

「悪い。話は後でいいか？」

「大丈夫だよ。みんなにも聞いて欲しいことだから、ご飯のときにでも言うよ」

綺麗《きれい》に整った笑顔に見送られながら釜戸へと移動し、俺は乃羽《のわ》と一緒に炊飯を始める。

火加減が難しい。こぽこぽと吹きこぼれる飯盒は、機嫌を損ねるとすぐに泣き出す赤ん坊のようで目を離せない。

あれやこれやと慌てながら、それでも焦がすことなくお米を炊き上げることができたのは、小さい頃に母さんと一緒に土鍋でお米を炊いた経験があったからか。懐かしい記憶を思い出しながら隣を向くと、満足げに額を拭う乃羽の姿がある。汗で張り付いたTシャツが身体のラインをぴっちりと見せていて目のやり場に困った。

「なによ流斗、急に顔なんか逸《そ》らして」

「……あれだよ。煙が目に染みたとか、そういうやつだ」

不審がる乃羽からの視線を文字通り煙《けむ》に巻きながら、キャンプ飯の準備を続ける。

横広の皿へとお米をよそい、星蘭《せいら》手製のカレーをかけ、ウッドデッキの方へとそれを運んだ。調理の間にだいぶ外は暗くなっていて、キャンプ場を照らすライトの周りには、都会では見られない大きめの虫たちがくるくると飛んでいる。

うちの女子たちは虫くらいでビビるような気の細さはしていないので「おー」とか「おっきいわねぇ」とか言っている。女子力ってなんだろう。

「では、いただくとしようか！」

星蘭の号令に手を合わせ、いただきますと食事の挨拶。

ゴロゴロと大きな肉が入ったカレーはどことなくアメリカン。それでいて湯気からもトマトの強い酸味の香りがして、きゅうとお腹《なか》が鳴る。ではさっそくと木製のスプーンを取ったところで、先にカレーを口に運んだ乃羽がキラっと瞳を輝かせた。

「わ、美味《おい》しいじゃない！　星蘭って本当に料理ができたのね！」

「ふふっ、そうだろう。私と結婚すればいつでもこの料理が食べ放題さ。どうだい乃羽、私たちだったら性別の壁くらい越えられると思うんだが、どうだい、ン？」

「でもあれね。スパイシーさっていうか、もうちょっと辛くても良かったわね」

「カレーは甘ければ甘いほど美味しいだろう？」

「カレーは辛ければ辛いほど美味しいわよ」

星蘭と乃羽、ふたりの間でピシッと火花が散った。

俺は巻き込まれたくないので黙々とカレーを食べる。うん、美味い。自分たちが作ったというのもあるし、野外で食べるという非日常感もあって、ただの味覚以上にそれ以外の部分で美味しさを楽しんでいる気分になる。

隣では星蘭たちの言い争いをニコニコと見守っている悠馬がいて、ふと先ほどのやりとりを思い出した俺は水で舌を休ませてから中断した話の続きを尋ねた。

「そういえば悠馬、さっきのは何だ？」

「さっきって？」

「食事のときに話があるみたいなこと言ってなかったか？」

聞くと悠馬は「そうだった」と、ナプキンで口元を拭ってから切り出した。

「明日なんだけど、みんなでゴーストハウスに行ってみない？」

「ゴーストハウス？」

「海外版のお化け屋敷みたいなものかな？」

お化け屋敷という単語に、乃羽がピクッと肩を震わせた。

急な提案に俺と星蘭も判断をしかねていると、悠馬も言葉足らずを察したのか「えっとね」と情報を補足する。

「この近くにね、アニメの舞台にもなった捨てられた洋館があったんだ。自治体がそこを買い取ってホラーハウスに改築したみたい。町おこしの一環っていうか、アニメの聖地としての名所にするために。クリアすると限定グッズも貰《もら》えるみたいだよ」

「ほう、いったいなんてアニメなんだい？」

アニメの聖地という情報に星蘭が興味を持ったらしい。

悠馬から聞かされたタイトルに「なんと、あのアニメの！」と驚いている。

「僕はダンスに詳しくはないけど、流斗たちはキャラクターたちの心情とかをダンスで表現したいんだよね？　ほら、『ノンギフ』にも主人公たちが森の洋館に迷い込むテラーストーリーがあったじゃない。アニメのシーンを追体験してみれば、そのときのキャラクターの気持ちをより深く理解できるんじゃないかなって」

悠馬の提案になるほどと頷《うなず》く。

言っていることは正しいし、俺たちのことを思ってくれての発案には感謝の念が尽きない。だけど、うずうずと期待が渦巻く悠馬の瞳に即物的な何かの気配を感じ取った。

「で、本音は？」

「限定グッズ、欲しい、僕、オタク」

「なんでカタコト？」

どこまでも欲望に忠実な友人に、ついと肩を竦《すく》めてしまう。

しかしまあ、グッズが欲しいというのは本当だろうが、俺たちのことを思っての提案だというのも嘘《うそ》ではないはず。まだ出会って半年の付き合いだけど、何だかんだで悠馬が情に厚い性格なことは知っている。

「ルーくん！」

そして星蘭は瞳をキラキラと輝かせて俺の方を見てきた。

星蘭もグッズが欲しいのだろうか？　もしくはアニメの聖地を自分でも巡ってみたいのか。星が煌《きら》めくような瞳はやっぱり綺麗で、まっすぐな青空色に輝いていた。

だけど。

「悪い、俺と乃羽はパスだ。まだダンスが完璧ってわけじゃないからな。俺たちのことは気にしなくていいから、ふたりで行ってきてくれ」

星蘭が残念そうに瞳を伏せる。その反応に心が痛むが仕方ない。

ホラーハウスの話題が出てから、乃羽がずっと青白い顔を浮かべている。カレーを食べる手も止まっているし、それだけで何を思っているか察するには十分だろう。

「そう？　じゃあ、僕もやめておくよ」

「いいのか？　そんなあっさりと」

「うん。別に明日じゃないと駄目なんてことはないしね」

「そうだな。ルーくんたちが来られないのなら無理して行くものでもない。せっかくの合宿なのだから、バラバラで行動するのは寂しいだろう」

特に気を遣っている風もなく、自然な調子でふたりは言う。

考えるまでもなく、当たり前にその選択ができる友人たちを温かいと感じるが。

「……だ、大丈夫よっ！」

その優しさが、どうやら乃羽には良くない方に効いてしまったみたいだ。

「ダンスなら順調だし一日くらい遊んだって問題ないわ！　せっかく他県にまで来たんだもの！　ほら、息抜きのイベントがあった方がダンスにも集中できると思うし！」

乃羽がどうしてそんなことを言ったのか俺にはすぐにわかった。自分の感情を理由にして、星蘭たちの楽しみを奪ってしまうことが耐えられなかったんだ。

事実、「そうか、ではみんなで行こう！」と喜ぶ星蘭たちを見て、乃羽はホッとした表情を浮かべている。安心したように息を吐く姿は自然体を装っているけど、俺にはどうしても無理をしているように見えて――。

「……」

声をかけようとして、やっぱりやめた。

たぶん素直に言っても聞いてはくれないだろう。乃羽の優しさが不器用で意地っ張りなことは知っている。その優しさに何度も助けられたことのある俺だからわかる。

……だから、乃羽のことは俺がサポートしよう。

苦手なことを助け合ってこそのパートナーだと、自分の役割をそう決めた。

胸の中に燻《くすぶ》る不安をそんな決意で誤魔化しながらカレーを口へと運ぶ。余計なことを考えていると料理の味がわからないなんて話をよく聞くが、アメリカンな味付けの星蘭のカレーは、それくらいでは味の主張が衰えることはなかった。

＊＊＊

随分と場所に凝っているのか。

ホラーハウスは山の奥深くの、日当たりの悪い場所にひっそりと建っていた。

原作のアニメにおいては、帰り道がわからなくなった少女が迷い込んだ洋館という設定らしい。昨日の夜、星蘭と一緒に1話だけ視聴したのだが、なかなかにホラーテイストな演出が多く、ちょっとだけ寝るのが怖かったというのはナイショの話だ。

陽射《ひざ》しを遮る高樹のせいで、晴れているのにこの辺りだけは薄暗く、隙のない美麗な洋館の設計が逆に不気味さを演出している。

午前の早い時間だからか、周りにスタッフさん以外の人はいない。混み合う前に到着しようという算段だったが、もう少しゆっくりでもよかったかもしれないな。

ビュォ、と急な突風が吹き、隣にいる星蘭の髪がぶわりと広がった。

「こ、これはなかなか雰囲気があるね。ルーくん、手を繋《つな》いであげよう」

「お前が怖いだけじゃねえか」

ホラーハウスの薄寒さにブルリと背筋を震わせた星蘭が手を伸ばしてくる。

それを俺はひょいっと躱《かわ》した。めげずにもう一回手を伸ばしてくるが、それもひょいっと躱す。ムキになった星蘭がまた手を伸ばしてきて、ひょいっと躱す。手を伸ばす。ひょいっ。手を伸ばす。ひょいっ。フェイントを入れて手を伸ばす。ひょいひょいっ。

「……おい。もう少しこう、高校生らしい青春を見せてくれ。青々しいやり取りは嫌いではないが、そこまで幼いと園児を見守る保護者の気分になってしまう」

どこか呆《あき》れたような声音に、俺と星蘭は揃《そろ》って振り返る。

学校でもないのにきっちりと黒スーツを着こなした大人の女性。俺たちの担任である八《や》桜《ざくら》先生が、まいったように頭を掻《か》いていた。

「お前たちが幼馴染《おさなじみ》ということは聞いていたがこうも近い距離感だとは知らなかったな。イチャつくのは構わないが時と場所は選んでくれよ」

「イチャついてないですけど」

「………いや舞織《まいおり》、その手」

気づけば俺の手が星蘭の手に捕まっていた。手を繋ぐことに忌避感があるわけではないが、先生の前だとさすがに恥ずかしい。ブンブンと手を振るが、星蘭が意地になったように指先をきつく絡ませてくるので解《ほど》けない。

「ふふっ、私とルーくんは運命の糸で繋がっているからね。そう簡単に解けるとは思わないことだ」

「お前の運命の糸、固結びし過ぎだろ」

運命と呼ぶには強引過ぎる星蘭の力技に疲れたため息がこぼれる。呆れたような、いや、何かを諦めたような先生の視線がこそばゆい。

「しかしすまないな。顧問と言っておきながら、お前たちのことをほったらかしにしてしまっていた。今日からは付き合えるから、力を貸して欲しいときは頼ってくれ」

申し訳なさそうな顔をして先生はそう言った。

旅館に着いた日から先生は出かけたままで、合流したのは今日の朝。大人として、いや先生として、生徒たちを放任していたことに罪悪感を覚えているらしい。別にそこまで気にすることでもないと思うが。

「ちなみに今までどこに行ってたんですか？」

「少し野暮用にな。説得をするのに随分と時間がかかってしまった。あの男、教え子と会うだけなのに自分で勝手に余計なハードルを用意していてな……」

「……？」

「いや、いい。こっちの話だ。気にするな」

パタパタと手を振った先生は話題を変える。

「ではさっそくホラーハウスの手続きにいこう。黒咲《くろさき》たちも連れてきてくれ」

少し離れたところで洋館を眺めている乃羽《のわ》たちにチラリと視線を流す。声をかけにいく前に気がかりなことを確認したいのか、星蘭《せいら》が八桜先生へと話しかけた。

「先生、いいのですか？　ホラーハウスの費用を負担してもらって」

それは事前に八桜先生から言われたこと。

星蘭の口調は、普段俺たちと接するものよりもずっと硬い。まだ八桜先生に慣れていないのか、体面を意識した大人びた態度だ。気のせいかもしれないけど、なんとなく、モデルの仕事をするときの『プリンセス・セイラ』の面影も感じる。

「ああ。学校から支給された部費についてはお前たちの宿泊費で底をついてしまったからな。私の自費となるが……まあ、気にしなくていいことだ」

「私はモデル活動をしているので蓄えはそれなりにあります。母からも留学の際に自由に使える仕送り金をもらっていますので、先生に負担していただかなくても――」

「だったらそのお金は、お前がお前の人生を充実させるために使うといい」

星蘭の言葉を遮る形で八桜先生は言い切った。

優しく微笑《ほほえ》んだ顔で、星蘭の髪を撫《な》でながら言葉を続ける。

「優月《ゆづき》はもう少し大人に頼ることに慣れるといい。おそらくモデル活動のせいで、既に社会を経験してしまったからだろう。意識しているかは知らないがお前はいつも大人に対して対等な態度で接している。一方的に何かをもらうという行為に忌避感を覚えている。本来、お前のような齢《とし》の子供はもっと大人に甘えるべきなのに」

虚を衝《つ》かれたように、星蘭の瞳が丸くなる。

今までそんなことを言ってくれる人がいなかったのか、先生の言葉をどう受け止めればいいのかわからないような表情だ。

「私は先生だ。ただお前たちより先に生きているだけの、生徒たちに誇れる背中を見せることだけが仕事の人間だ。変に壁を作らなくていい。もっと頼れ。もっと甘えろ。大人ぶって強く在ろうとしなくていい。頼むから、私から先生の機会を奪わないでくれ」

「……っ」

その瞬間。

星蘭の纏《まと》っていた空気が明確に緩んだ。どこか固かった顔がふにゃりと歪《ゆが》み、だらしない笑顔で八桜先生の胸へと倒れ込む。

「…………マァムぅ……」

「やれやれ、随分と大きな子供だな」

優しい笑顔で星蘭のことを撫で続ける八桜先生。

誇れる背中を見せることだけが仕事だと先生は言うけど、そのことに責任を持ち、子供を守る大人で居続けてくれる人はきっと少ない。身長は星蘭とそんなに変わらない八桜先生だけど、目に見える大きさよりも、その姿はずっと大きく見えた。

「ルーくん、聞いてくれ！　高校生になってから初めて頭を撫でてもらえたぞ！」

「そうか、よかったな」

「私は日本の地でママみの概念を知ってしまった。新たな性癖に目覚めてしまった！」

「あんま女の子が大声で性癖とか言うな」

苦笑を浮かべながらも、心の中で小さく感謝を呟《つぶや》く。星蘭の素の姿を受け入れてくれる大人が近くに居てくれたことが嬉《うれ》しかった。甘えていい背中を見せてくれる。それはただの幼馴染である俺にはできなかったこと。

八桜先生は間違いなくこの瞬間、俺たちの先生で居てくれた。

「では、今度こそ手続きにいくぞ。黒咲たちを呼んできてくれ」

凛々《りり》しい声で言いながら先生は優しく微笑んだ。

きっと先に生きているからってだけじゃない。その笑顔を頼もしいと思ったのは、それが八桜先生のものだから。

星蘭の担任がこの人でよかったと、そんなことを思いながら俺たちは乃羽たちを呼びに行った。

ホラーハウスの参加費はひとり八千円だった。

なんていうか、うん、思ったより高かったな。

「くぁあああああああああああっ!?　まさかこんなにかかるとは思わなかった、これではアウレス様にスパチャする金がなくなってしまうぅううううう――ッ!!」

どうしよう。

さっきまで頼れる大人だった先生が、怪鳥の嘶《いなな》きみたいな奇声をあげている。

黒スーツの美人なお姉さんが身体《からだ》をうねうねしながら地面を転がる光景は、なんというか見るに耐えない。俺の中の八桜株が急激な下落の一途を辿《たど》っている。この株、浮き沈みが激しすぎて先が読めないいんだよなぁ。

「そんなにピンチなんですか？」

「う、うむ。普段からアウレス様にスパチャを投げまくっているせいでお姉さんはいつも金欠なんだ。おっと、軽蔑してくれるな。お金の使い方は人それぞれ、自分が納得していればどう使おうと自由なはず。これこそが私の正しいお金の使い道だ！」

へぇー、と気のない返事をしておく。同情はしない。

「くそっ、給料日までまだ半月もあるというのに、残りを財布の中身だけで生き延びなければならなくなった！　少し見栄《みえ》を張りすぎたかっ？」

「ちなみにいくら残ってるんですか？」

「野口一枚、紫式部四枚」

「二千円札多いな」

合計九千円か。普通に衣食住がままならないレベルだ。余裕があるときは弁当とか差し入れしようかな。八桜先生にはいろいろとお世話になっているし。

そんなことを考えていると、乃羽たちを引き連れた星蘭が合流してくる。

「先生、乃羽たちを連れてきて……先生？」

「いや、なんでもない。少し運転に疲れてしまってな」

立ち上がった先生はスーツの汚れをパンパンと払いながら何でもないように嘘《うそ》をつく。いや、ここまで運転をしてくれたのは先生なので全くの嘘というわけではないが、先ほどの奇行の直接的な原因でないのは確かだ。

変わり身の速さは一級品。役者か何かと見紛《みまが》うほどのキャラの使い分けにどうも認識がバグるが、そんな俺の混乱など知らずに先生は鋭さを帯びた声で言う。

「ホラーハウスはふたり一組での参加らしい。お前たちでペアを作ってくれ」

俺たちは軽く話し合ってペアを決めた。

というよりも悠馬《ゆうま》の提案。もともとは俺と乃羽の合宿の延長なんだから、そのふたりで組んだ方がいいんじゃないかという意見が通った形だ。星蘭は少し唇を尖《とが》らせていたが

「まあ今回は譲ってあげよう。星蘭ちゃんは大人だからな」と、ぶつくさ言いながらも納得してくれた。いったい誰と組みたかったのだろうか。

「よろしくな、乃羽」

ともあれ、俺はペアとなった相棒の隣に並びながらその肩をぽんっと叩《たた》いた。

「……」

「乃羽？」

「え、あ、なに？　なにか言ったか？」

「……怖いんなら無理しなくていいと思うぞ」

「こ、怖くなんかないわよ！　ゴーストバスターNOWAWAは幽霊なんかに屈しないわ！」

「それ、気に入ってんの？」

文化祭のときにも聞いた謎の異名につい首を傾《かし》げてしまう。

顔色を見れば、それが強がりなことなんてすぐにわかった。誰にだって苦手なことはある。だからここは俺が支えよう。怖がるパートナーの様子にそれを思いながら、俺たちはゴーストハウスへと足を踏み入れた。

ヴィクトリア調の館内には当然のように灯《あか》りがない。

白で統一されたアンティーク家具には傷汚れのひとつもなく、その潔癖さが逆に人の生活の痕跡を感じなくて不気味だった。どこかの窓でも開いているのか、ときどき冷たい迷い風が背中を舐《な》めてきて、氷を押し当てられたかのような悪寒が襲う。

原作に倣い、俺たちの目的はこの洋館の脱出だ。

入り口として使ったエントランスの扉はもう開かない。アニメだと主人公である少女は洋館に取り憑《つ》いた亡霊たちから逃げながら、秘密の小部屋を通って外の世界へと脱出するらしい。

原作をどこまで忠実に再現しているかはわからないが、館内の探索には細心の注意を払っておくべきだろう。ホラー要素に備えるためでもあるし、脱出のヒントを見逃さないためにも重要なことだ。

「……ね、ねえ、流斗《ると》ぉ」

「……」

だが、そんな俺の考えを邪魔するように。

いざ実際にホラーハウスに踏み入れると、予想とは全く違うトラブルが発生した。

「流斗ぉ、ちゃんといるぅ？」

「いるよ」

「ほんとにいるぅ？」

「いるだろ。ほら、手だって握ってるし」

「だめぇ。もっと強く、ぎゅ～って握って」

なにこれ、かわいい。

乃羽が可愛《かわい》過《す》ぎる問題が発生中。

いやもちろん乃羽は本気で怖がっているわけで、その様子を楽しむのなんて最低だとわかってはいるが、この可愛さは反則だと思う。

最初の方は頑張って気丈に振る舞っていたのだけど、五分を過ぎたあたりからおずおずと手を繋《つな》いできて、今ではべったりと俺の腕にくっついている。

普段の乃羽《のわ》からは想像もつかない甘えっぷり。そのギャップがどうしようもなく可愛くて胸がドキドキと脈を打つ。これは危険だ。ホラーハウスよりもよっぽど危ない。

高鳴る心臓を宥《なだ》めようと小さく息を吸ったところで――。

がたりっ。

「〜〜〜〜っ!!」

いったいどういう仕組みか。

俺たちが通り過ぎた瞬間にハンガーラックが倒れ、静謐《せいひつ》な洋館に騒々しい物音が鳴る。

乃羽は声にならない悲鳴をあげながら俺の腕に顔を埋《うず》めた。

「……大丈夫か?」

尋ねると、乃羽はふるふると首を横に振った。

瞳にはうっすらと涙の膜が張っていて――それを見た瞬間、俺の中の何かが切り替わる。

どこか楽観視していた自分の感性と決別する。

「乃羽、見なくていいよ。怖いなら、ずっと俺の腕に顔を埋めてろ」

返事はなかったけど、こくりと頷《うなず》く気配があった。

乃羽を腕に引っ付けたまま館内を探索する。絵画が動いたり、ピアノがひとりでに曲を奏でたりと、ホラーなギミックが何度も襲いかかってきて、その度に乃羽はビクッと身体を震わせて俺にしがみついた。

……こんなにも乃羽に苦手なものがあったのか。

意外に思いつつも、だからこそ、乃羽を支えなきゃという気持ちが強くなる。

「……ねえ」

ぽつりと。

探るような声で乃羽が話しかけてきた。

「なんだ？」

「意外だった？　あたしがこんなにも怖がりだったなんて」

「意外っちゃ意外だが、乃羽は普段が堂々としてるからな。こういうときくらいは怖がりな方が帳尻が合うだろ」

なによそれ、と乃羽はくすりと笑ってくれた。

「別にね、おばけが怖いわけじゃないの。……ううん、ちょっとは怖いけど、どっちかっていうと、こういう場所に絡みついてる怖い記憶を思い出しちゃうのが嫌なの」

俺の腕に抱きついた身体がギュッと強張《こわば》る。

腕越しにも、乃羽の心臓のドキドキが伝わってきた。

「小さい頃にね、家族と遊園地に行ったの。ちょっと大きい遊園地でね、季節のせいか大々的なホラーイベントが開催されてた。期間限定のおっきなお化け屋敷。あたしはまだお化け屋敷がどういうものかよくわかってなかったけど、パパもママもホラーが好きでね、楽しそうなふたりを見て、あ、ここはきっと楽しい場所なんだってワクワクしてた」

俺は黙って乃羽の思い出話を聞く。

小さな声は震えていて、館に迷い込む風の音に溶けてしまいそうだった。

「でも、あたしは迷子になった。お化け屋敷のギミックにびっくりして、暗い場所をめちゃくちゃに走り回っちゃったから。それでひとりぼっちで泣いているところをスタッフの人に見つけてもらって出口に連れて行かれた。すぐにパパとママと合流できたけどあたしは泣き止《や》まなくて、結局その日は他のアトラクションには何も乗らずに家に帰った」

乃羽の手がしずしずと俺の腕を伝って、その指を捕まえる。

まるで迷子の子供が、手探りで親の温《ぬく》もりを探すかのように。

「お化け屋敷みたいなこういう場所だとね、どうしてもその記憶を思い出しちゃうの。悲しい気持ち。寂しい気持ち。ひとりぼっちの怖さとか、周りに誰もいない心細さとか」

顔を上げた乃羽は、ふるふると揺れる瞳で俺の顔を見つめていた。

少しでも指で突《つ》つけば壊れてしまいそうな表情で。

「ねえ流斗は」

縋《すが》るような声で言った。

「あたしを、ひとりぼっちにしないよね？」

それは。

この瞬間の話だけでなく、もっと大きな何かを聞かれているような気がした。

その違和感の正体を探ろうとして、やっぱりやめる。

震えた女の子の温度を感じながら、俺は乃羽を励ます言葉を探そうとして――。


「……うっ、ひぐっ、えぐっ」


誰かが泣いていた。

いつの間にそこにいたのか、部屋の中で小さな女の子が泣いていた。

ふわふわとした白のワンピースを着た、まだ小学生くらいの女の子。暗がりの中に閉じこもるかのように小さく丸まる姿は、涙声と一緒にひくひくと揺れていた。

どうして、こんなところに女の子が……？

一瞬だけ疑問に思い、だけどすぐに声をかけるべきだと頭を切り替えるが――。

「ねえ、ひとりなの？　パパとママは？」

乃羽にはそれすらなかった。

考えるよりも先に動いていた。そんな早さだった。

乃羽は既に女の子へと駆け寄ってその震えた手を握ってあげていた。

そのことにちょっと驚いて……でもすぐに、納得したような笑みが口元に浮かぶ。

乃羽はやっぱり乃羽だった。

どんなに怖くったって、暗がりの中で震えていたって。

自分じゃない誰かのためだったらすぐに立ち上がれる女の子なんだって。

それが誇らしくて……でもちょっとだけ寂しいなとも思った。

「乃羽、迷子か？」

「うん、そうみたい。えっと、お名前、言えるかしら？」

乃羽がゆっくりと問いかけても女の子はぐずるだけだった。俺たちを警戒している……

というよりも、純粋に怖くて周りの声を聞く余裕がないみたいだ。

ぐずぐずと鼻を啜《すす》る女の子に、どうしたものかと頭を悩ませていると――。

「ねえ、お嬢ちゃん。見てて」

ふっ、と立ち上がった乃羽は、振り上げた足の膝を曲げ。

――勢いよく横に回った。

「わっ」

女の子が声を上げる。

感動して……というよりは、突然の乃羽の動きに驚いて出た声だった。

遠心力とかかとの運動のみで回転力をつけるバレエの技。

たしか昔、乃羽に連れて行ってもらったバレエ公演で見たことがある。

『白鳥の湖』第三幕、黒鳥オディールの32回転グラン・フェッテ。

バレエに詳しくない俺でも、その美しさに目を奪われたのを覚えている。

「わぁ……」

女の子はいつの間にか泣き止んでいた。

腫れた瞳に宿るキラキラとした光は、まるでお姫様に憧れる子供のようで。

きっと乃羽の『始まり』もこんな感じだったんじゃないかと、場違いにもそんなことを思った。

俺たちは、ダンスの力を信じている。

たとえ言葉が届かなかったとしても、目の前の誰かが顔を俯《うつむ》かせていたとしても。

ダンスでだったらきっと、俺たちは心を届けることができる。

「ふっ」

乃羽のダンスはまっすぐな心を映しているみたいに、綺麗《きれい》な回転で回っていて。

涙で見えなくなるのはもったいないと、そう思わせるには十分なメッセージがあった。

「女の子だからって、泣いてばかりじゃダメよ」

キュッと回転を止めた乃羽は、胸を張るような笑顔を浮かべる。

きっと今ならこの言葉が届いてくれると、少し屈《かが》んで女の子と目を合わせながら。

「下を向いてばかりだと怖いものは見なくて済むけど、この世界に溢《あふ》れている楽しいことからも目を逸《そ》らしちゃうもの。それはとってももったいないことだわ」

乃羽は女の子の手を優しく包みながら、安心させるようににこりと笑った。

「だから泣き止んで。ずっとは無理かもしれないけど、少なくとも今だけはお姉さんたちが一緒にあなたの怖いものと戦ってあげるから」

女の子はこくこくと頷いた。

その瞳に、さっきまでの恐怖だけに染まった心細さはない。乃羽の手をしっかりと摑《つか》んだ彼女からは、前を向こうとする確かな強さを感じた。

やっぱり乃羽のダンスには、心を引っ張られるような力強さがある。

その強さに何度も救われた俺は、こんな暗がりの中なのに眩《まぶ》しさを感じてしまった。

「あたしは乃羽。そこのぼやっと立っているだけのお兄さんが流斗よ」

「おい」

「わたしは花奈《はな》だよ！」

「花奈ちゃんね。素敵な名前だわ。花奈ちゃんはパパとママとはぐれちゃったの？」

「うん、出口もどっちかわからなくなっちゃった」

「そっか。ならお姉さんたちも出口を探してるところだから一緒に行こっか」

そう提案すると、女の子——花奈ちゃんはにぱっと笑って乃羽と繋がった手に力を込める。

乃羽も「うん」と優しく頷いてから、小さな歩幅で前へと歩き出した。

「というわけだから流斗《ると》、道案内は任せたわよ」

「どういうわけかは知らねぇけど、わかった」

何もできなかった俺はせめて探索で役に立とうと、先行して出口を探すことにする。

迷路のような構造の洋館は、その薄暗さも相まってとにかく道が分かりにくい。おまけにあちこちに俺たちを驚かせる仕掛けがあって、笑えるくらいに歩みは遅かった。

急に花瓶が割れたり、誰のものでもない血の足跡があったり、赤い目のビスクドールがずっとこちらを見つめてきたり、まっすぐ進んでいたはずなのにいつの間にか元の部屋に戻ってきてしまったり、どこからか不気味な呻《うめ》き声《ごえ》が聞こえてきたり——。

「ねぇねぇ、おねえちゃん、楽しいね！」

「そ、そうかなー？　お姉さんはちょっと早く出たいかも……」

「なんで？　楽しいことから目を逸らしちゃうのはもったいないんじゃないの？」

「くっ！　こんなにすぐ自分の言葉がカウンターになるなんて！」

花奈ちゃんはなかなかに肝が据わっていた。

泣いていたのはホラーハウスが怖かったというよりも、親と離れ離れになったことが心細かったからだろう。

花奈ちゃんのおかげでだいぶ空気も明るくなり、乃羽《のわ》も頼りないところは見せられないと気を張っているのか歩みはしっかりとしていた。

順路通りに進むこと数十分――。

ようやく俺たちは、館の最奥の部屋で『出口』と表示された扉を見つけることができた。

両扉の隙間からはチロチロと太陽の光が漏れていて、そこから先が外に繋《つな》がっていることに間違いないと確信を得る。

「あ、出口だ！」

花奈ちゃんは弾んだ声を上げながら、ととととっと出口の方へと駆けるが。

ふと振り返って、後に続かない俺と乃羽にきょとんと首を傾《かし》げる。

「？　どうしたの？」

至極当然な疑問に、俺は意識的におどけたような笑みを作った。

「そこから先は花奈ちゃんだけで行ってくれ」

「なんで？」

「俺たちと一緒だと花奈ちゃんのパパとママに気を遣わせちまうからな。困ったときに助けてもらうのなんて当たり前で、そこに貸し借りなんてなくていい。でも大人ってのは複雑だから、きっと俺たちに余計な恩とかを感じちまうはずだ。だったら最初から、娘を助けた優しいお姉さんやお兄さんなんていなかったってことでいい」

「?」

「うーん、花奈ちゃんがもう少し大人になったらわかるかな?」

我ながらズルい言い分だと思いながら、うんざりしたように息を吐く。

演技力なんてものに自信はないけど、俺の態度で花奈ちゃんも、自分では気付けない考えのようなものがあるのだと察してくれたみたいだ。

躊躇《ためら》うようにチラチラと俺たちの方を振り返りながら、それでもひとりで出口の方角へと歩いていく。その小さな身体《からだ》がホラーハウスから完全に出て行ってから——。

ぺたんっ、と。

乃羽がその場で膝を折って、尻餅をついた。

「……流斗」

乃羽は悔しそうな目で俺のことを見上げていた。

床についた手はぷるぷると震えていて、膝を畳んだ足には力が入っていない。

おそらく、腰が抜けたんだろう。

気づいたのはついさっき。出口が見えたことで安心してしまったのか、乃羽の身体からスッと力が抜けたことが外から見ている俺にもすぐわかった。

それでも立ち続けていたのは、花奈ちゃんに格好悪いところを見せたくなかったから。

相変わらず強がりな相棒に肩を竦《すく》めてから、俺は屈んで尋ねる。

「おんぶでいいか？」

「……お姫様抱っこ」

「あんまお姫様抱っこってガラじゃねえと思うけど」

「流斗に王子様になれる貴重な機会を作ってあげてるの。感謝しなさい」

こんなときでも強情な乃羽に苦笑を浮かべてから膝裏と背中に手を回した。

持ち上げた身体は俺が思っていたよりもずっと軽くて、乃羽もやっぱり女の子なんだなと、柔らかい身体の感触や、髪から香る甘い匂いを意識してしまう。

「ごめんね、流斗」

「謝るなよ。さっきも言ったけど困ってるときに助け合うのなんて当たり前のことだ。俺だって乃羽には何度も助けてもらったし、これからも助けてもらうつもりでいる」

「……そう。じゃあ、ありがと」

「おう、それだったら受け取る。どういたしまして」

乃羽はくすりと笑って、俺の首に回した手に力を込める。

これからも、という言葉は意識して使った。

ひとりぼっちにしないよね？

そう聞いてくれた女の子の声に、これが答えになっているだろうか。

特別な理由なんていらない。

そんなものがなくたって支え合うのが当たり前な、俺にとっての乃羽はそういう存在なんだと。言葉だけじゃない、もっと深い気持ちの部分でそれを伝えるために。

伝わってくれたかな、と心の中で首を傾げる。

伝わったらいいな、と心の中で小さく呟《つぶや》く。

「ねえ、流斗」

耳元で優しく囁《ささや》かれる。

暗がりの中で怖がっていた女の子はもういない。

その瞳は出口の方向に——俺が見ているのと同じ景色を見ていた。

「先生が言ってたわよね。ダンサーに出口はないって」

きっと出口の扉を見ていたから思い出したことだろう。

俺たちダンサーにはいつだって理想がある。

頭の中には、こう踊りたいって思う理想的なダンスがある。

その場所を目指して、努力して、練習を繰り返して、ようやく辿《たど》り着いても、そのときにはもう頭の中ではもっと先のダンスを夢見てしまう。

踊り続ける限り、ダンサーは完成しない生き物なんだと。

先生はそんなふうに笑っていた。

「あたしたち、どこまで行けるかな？」

「行けるところまでだったら行けるだろ」
俺たちのダンスにも、きっと出口なんてものはない。
ときには立ち止まって、後ろに退がるなんてこともあるだろう。
だからそのときは、こんな風に支え合って、ゆっくり前を目指していけばいい。
乃羽とだったら、それができる気がした。
できたらいいなと、思った。

出口の扉を開ける。
外へ出る。
暗がりの中にいた俺たちは、ようやく光ある世界へと戻ってきた。

第四章

夜空に咲いて、そして散る

memory of black feather Ⅳ

これまでのやりとりで、舞織《まいおり》くんがなかなかの馬鹿だということはわかっていた。

でもその認識が甘かったことを、あたしは今日思い知った。

舞織くんは、かなりのダンス馬鹿だった。

「黒咲《くろさき》さん、そうじゃねえ。バレエと違ってヒップホップは重心を下げながらターンするからもっと身体を落として……なに、どうやって？　いやまあ、普通に膝を曲げれば重心は落ちるだろ。……え？　膝を曲げたらターンできない？　いやできるって。こうやって膝を外側に回すような感じでガーって勢いよくダイナミックにそれでいて繊細に——」

「できるかぁ!!」

思わず吼《ほ》えてしまった。

あまりにも教えることが下手過ぎる。きっと舞織くんは感覚派なんだろう。

普段何気なくしていた身体の動きは、積み重ねた時間によって染み込ませた習慣のようなもの。その動きを改めて言語化しろと言われれば難しいようで、舞織くんは申し訳なさそうな顔であたしへと尋ねてくる。

「……やっぱりできないか？」

「こ、この野郎……っ」

そしてこの男は、女の子の扱いも極端に下手だった。

こういうときは普通『初めてでここまで動けるなんてすごい！』とか、初心者の気分をよくするために無理やり褒めるところを探すものだ。なのに舞織くんは、あたしが弱音を言ったりすると目に見えてしょぼんとする。がっかりする。

その仕草が、あたしの癇《かん》に障った。

やっぱりってなんだ。

最初からあたしにはできないって思って教えていたのか？

ふざけるな！

「舞織くん！　今のところまた一から教えなさい！　できるまでやってやるから！」

あたしの強がりに、舞織くんはきょとんと目を丸くした。

「できるまで、やってくれるのか？」

「そう言ってるでしょ！」

ちょっとヤケクソになってる気がしないでもないが、できないままで終わるなんてそんなのあたしのプライドが許さない。やるからには中途半端は嫌だ。この執着こそがあたしがバレエ団で孤立したきっかけだとわかってるけど、だからってこの感情に蓋をしたまま生きるなんて耐えられない。不器用？　知ってるわよ。でもこれこそがあたし——黒咲乃羽の曲げられない生き方なんだから！

「じゃあ教えるぞ。大事なのは身体をどうやって安定させるか。つまり重心の取り方だ。基本的に重心ってのは低い方が安定するからそのために膝を——」

あたしは意地になって舞織くんの教えを受けた。

絶対にもう、あんなしょんぼりした反応なんてさせてやらない。

目的がすれ違ってる気がしないでもないけど、とにかくあたしの気持ちはそこに集中していた。それ以外のことは目に入らなかった。

だからだろう。

「…………………ふふっ」

自分の口が楽しそうに緩んでいることに……そのときのあたしは気づかなかった。

「……あ、タオル」

ダンス教室の帰り道。

久しぶりのダンスと、バレエではあまり使わない筋肉の疲労で、もう既に足が重くなっていたあたしは、ふとタオルを忘れていることに気づいた。

すぐに引き返す。あの教室に何かを残しておくことは、またあたしがそこを訪れる理由になりそうな気がしたから。

別にもう少し舞織くんに付き合ってあげてもいいとは思っているけど、それはあたしの意思でありたい。何か別の理由で仕方なく、みたいな向き合い方は嫌だ。

だからあたしは暗くなりかけた道を引き返してダンス教室へと戻り――。

そして、残っていた舞織くんの存在に気づいた。

「流斗《ると》、ターンのときに顔を下げる癖はいい加減に直そう」

「はいっ！」

キュッキュッと響くスキール音。

隠れる必要なんかないのに、思わずあたしは扉の陰から中を覗《のぞ》いていた。

「リズムが変わるタイミングで足を下げないで。ステップは細かく、速さじゃなくて動きのキレで音を捕まえるように。楽しようとしちゃダメだよ」

「はいっ！」

「常にステージを意識して。流斗はそのダンスでアメリカに行くんだろう？」

舞織くんのダンスを見ているのは先生……あたしをこのダンス教室へと誘ってきた変なお兄さんだ。

本気のダンスだった。

動きのキレやステップの力強さに眼《め》を奪われる。

でもそれとは別にあたしの瞳を摑《つか》んで離さなかったのはその熱量。

この一分一秒に、全てをかけるかのような熱さがあたしの細胞を刺激する。

舞織くんのことはまだよく知らないけど、彼には何か目標のようなものが……辿り着きたい具体的な場所があるんだと、そんな意志の輪郭が見えるようなダンスだった。

その熱量に、思わず震えた。

握りしめた手に汗が滲《にじ》み、鼓動がドクドクと躍動する。

本気の世界。剝《む》き出《だ》しの魂をぶつけ合う戦場。

……あの場所に戻りたいと、あたしの中の本能の部分がそう叫ぶ。

「そういえば流斗。よく乃羽《のわ》くんを連れて来てくれたね」

名前を呼ばれて、熱に浮かされていた意識がハッと戻る。

そっと覗き直した部屋の中では、舞織くんがきょとんとした顔をしていた。

「なんですか、その意外だったみたいな反応は？」

「実際意外だったよ。流斗たちの初対面を見ていたからね。ああ、これはなかなかに気難しい子だなぁって、ちょっとだけ流斗に会わせたことを後悔したけど……」

あれ、もしかしてあたし陰口言われてる？

……いやまあ、あのときのあれは完全にあたしに非があるし、気難しい子なんて表現でもだいぶオブラートに包んでくれている方だろう。いやでもだけど……。

あたしがぐちぐちと心の中で呟いていると、舞織くんは悩ましげに首を傾《かし》げる。

「うーん、確かに黒咲さんは面倒くさい性格をしてるけど……」

おい、ちょっとはフォローしろ。女の子は繊細なんだぞ。

あたしは半眼で、舞織くんのとぼけたような顔を睨《にら》んでしまうけど――。

「でも、瞳の奥が疼《うず》いてた」

特に強い声でもなかったのに、その言葉があたしの胸に刺さった。

「バレエを辞めたって聞きました。理由は知らないし、聞いたところでわかってあげられるかもわからない。でも初めて会ったときからずっと、黒咲さんは何かを我慢してるみたいだった。……いや、何かじゃないな。黒咲さんは踊るのを我慢していた。自分でも納得できていないルールみたいなのを自分に強いて、その気持ちを押さえ付けていた」

そのことなら俺でもわかったよって、舞織くんは小さく笑っていた。

「だから俺はダンスに誘い続けなきゃダメだって思った。黒咲さんとダンスを繋《つな》ぐ橋渡しに……いや、そんな大層なものになんかなれなくても、黒咲さんが見ている世界の中にちらっとでもダンスって言葉が出てくるような、そんな存在になりたいって思った」

「そんな小さなことでいいのかい？」

「きっかけだけで十分ですよ。先生だって今日の黒咲さんを見てたでしょ？　バレエを辞めたって言ってたのに身体《からだ》はずっと維持してた。負けん気が強くて、できるようになるまでしつこいくらいに諦めなかった。――何より、本当に楽しそうに踊ってた」

そう言って、舞織くんは何かを思い出すように口元を緩めた。

「だったら俺はただのきっかけでいい。それだけできっと黒咲さんは、自分の足で立ち上がって、前を向いて走り出せるはずだから」

「へえ、随分と乃羽くんのことを気にかけているんだね」

「別に気にかけるってほどのことでもないですよ」

舞織くんは何でもないように笑いながら。

あたしにとっては眩《まぶ》し過ぎる、そんな星空みたいな未来を口にした。

「俺はただ――黒咲さんと一緒に踊ってみたいって思っただけですから」

「――っ」

とくんっ、と波紋が起きたように小さな鼓動が鳴った。

おそらく……この瞬間だっただろう。

あたしの中の、これから先の人生を決定付けるような分岐が切り替わったのは。

「……」

優しい音を鳴らしていた心臓が、どぐんどぐんっと脈を打つ。

自分の中で拗《こじ》らせていたプライドみたいなものが、もっと大きな衝動に呑《の》み込まれたのを感じた。舞織くんがくれた言葉が、確かな熱となってあたしの中を駆け巡る。

この熱さをどうすればいい？

胸に手を当てたあたしは、何かを断ち切るように扉をバンっと開いた。

その音と衝撃に、舞織くんと先生がぎょっとした顔でこっちを向く。

「流斗っ！」

自然とあたしは舞織くんのことをそう呼んでいた。

躊躇《ためら》っていた心の距離を埋めるように、あたしはズカズカと彼のもとへと歩み寄る。

「あたしのことは乃羽って呼びなさい。あたしも舞織くんのことは流斗って呼ぶから」

「お、おう、それはいいけど……」

舞織くん――いや、流斗は驚きながら頷《うなず》いて、何なら言ったあたしですらちょっと驚いていたけど、それでも飛び出ていった言葉は止まらない。

「付き合ってあげるって言ったわよね。あたし、やるからには中途半端は嫌いなの」

こんなときまで、出てくる言葉は不器用だ。

もっと簡単に言えばいいのに。

あなたの仲間になりたいって、素直に言えればいいのに。

一緒の目標に向かって頑張れる、そんな関係になりたいって言えればいいのに。

あたしは強がるように胸を張って「ふんっ」と鼻を鳴らすことしかできない。

「だから、流斗」

ずっと先の話になると思うけど、それでもいつか、お礼を言おう。

誰かと手を繋ぐことに怯《おび》えていたあたしに、一緒に踊ろうって誘ってくれたこと。

嬉《うれ》しかったよって、いつか伝えよう。

「あたしにダンスを教えてよ」

そのお願いに、流斗はきょとんと目を丸くしてから。

何かに気づいたように、嬉しそうに笑ってくれた。

「じゃあ、まずは笑おうか。んな何かを睨んでるみたいな顔じゃダンスは楽しめねぇぞ」

「なによ。あたしがいつも仏頂面だって言いたいの？」

「…………そんなこと、ないぞ？」

「あんた嘘《うそ》ヘタ過ぎでしょ!?」

あたしたちのやりとりを、先生が、この展開をわかっていたみたいな笑顔で見守っていた。それが少し気に食わなかったし、ちょっとだけ恥ずかしくもあったけど、そんな曖昧な感情の渦よりも、はっきりとした心の芯が今のあたしにはあった。

ダンスを踊りたい。

ひとりぼっちの女の子を誘ってくれた、このまっすぐな男の子と一緒に。

これこそがあたしと流斗がパートナーを組むまでの、やけに遠回りした道のりだった。

＊＊＊

油断していたと言ってもいい。

だって、順調だった。

本番を明日に控え、俺たちのダンスはかなりの仕上がりを見せている。

その完成度はダンスを辞める前の中学時代とも遜色ない。むしろ当時よりも上手《うま》くなっている自覚すらあった。

合宿を始める前はブランクが不安だったが、どうやら俺の身体は思ったよりもダンスを覚えてくれていたみたいだ。ステップ、アイソレーション、ターン、リズムの取り方に音の捕まえ方。久しぶりのダンスの練習はどんな基礎的なことでも楽しくて、練習後の身体の疲労にすら浸ってしまうような充足感があった。

乃羽とのコンビネーションも完成してきている。

先日のゴーストハウスの一件は乃羽のことをより深く知る機会となった。相手のことを知ることは、ペアダンスにおいてとても大事なこと。

互いを繋ぐ信頼は迷いを消して、より自由に、より軽やかに、大空を羽ばたくような力強さを俺たちのダンスに宿してくれた。乃羽と繋がっているという感覚が、負けたくないという意地が、練習の質をいつだって高くキープしてくれた。

昨日よりも今日の方が。

そして、今日よりも明日の方が。

積み重ねた気持ちとイジメ抜いた身体の分だけ、俺たちは上手く踊れるようになっている。自惚《うぬぼ》れではなく、確かな自信として、俺たちはそれを実感していた。

だからまあ、なんだろう。

早くステージで踊りたいとか、乃羽とのダンスをみんなに見て欲しいとか。

そんな感じの先走った欲求が俺の中にあったことを認めよう。伴って、実はすぐ足元にまで迫っていた特大の危険について、その発見に遅れたことを認めよう。


——朝。


軽く山道をジョギングして、それから旅館の温泉で朝風呂という最近のルーティーンをこなしたところで事件は起きた。

「……？」

ホカホカと温まった身体を冷やさないよう早足で部屋に戻ろうとしたところで、廊下の奥から上機嫌なハミングが聞こえてきた。頭の中で旅館図を思い浮かべて、この先に何があったかを手探りで思い出す。

たしか、調理室。

こないだ使わせてもらったキャンプスペースと同じように、前もって予約しておけば好きに使うことのできる調理キッチン。昨日も星蘭《せいら》が三時のおやつにと、フライドポテトを揚げるのに利用していたのを覚えている。

ちょっとの好奇心。

こんな朝早くからいったい誰がと、俺は誘われるように調理室を覗《のぞ》いてみた。そして見えたのは、ハミングに合わせて上機嫌に揺れる黒髪のポニーテール。

ライトグリーンのエプロンをかけた乃羽はコンロの熱に当てられたように、ほんのりと頬を上気させている。それでも陽気なメロディを口ずさみながらおたまをくるくると掻《か》き混ぜる姿は、側《はた》から見てもご機嫌だとすぐわかった。

そして、物音でも聞こえたのか。

俺に気づいた乃羽は、ポニーテールを踊らせるように振り返ってこう言った。

「あ、流斗《ると》。今日の朝ごはんはあたしが作ってみたんだけど——」

「くっそ、油断したッッ!!」

ガラではないとわかっているが、それでも大声を出さずにはいられなかった。

乃羽《のわ》が搔き混ぜる鍋の中では、紫色の液体がゴポゴポと不快な異音をあげている。料理名を当てる隙も余裕もない。気泡の漏れる毒沼か、はたまた魔女の大釜か。浮かんできたのはそんなイメージ。総じて食卓に並ぶには不適切な、形容し難いナニカである。

ごくりと、唾を飲んだ。

皮肉にも美味《おい》しいものを目の前にしたときと同じ反応。しかしその内心は全くの逆、食欲を刺激されたわけではなく、その意味は一切の不純もない直球ド真ん中の戦慄である。

「ほら、こないだ星蘭がカレーを作ってくれたじゃない。だから今度はあたしが料理を振る舞ってあげようかと思って」

そう、前触れは確かにあった。フラグは確かにあったのだ。

行きの電車で母さんに料理を教えてもらおうかと呟《つぶや》いたり、キャンプ飯でご飯の準備にやる気を出していたりと、乃羽の料理欲を刺激するようなイベントは確かにあった。

何故《なぜ》、それを軽く流してきた。

もっと早くに手を打っておけよ舞織《まいおり》流斗。

その怠慢こそが、もうなんかこの時点で生臭い『アレ』を生んだんだぞ！

「くそ、せめて星蘭がいてくれれば……」

「……？　星蘭ならさっきまで手伝ってくれてたわよ」

「え、あ、そうなのか」

星蘭は意外と料理ができる。最近は母さんにも教えてもらっていて腕前をどんどん上げていた。そんな星蘭が見てくれていたのならば、乃羽の料理も見た目はアレだが意外と食べられる味なのかもしれない。

俺はホッと胸を撫《な》で下ろしながら、それとなく調理室を見渡した。

「で、その星蘭は？」

「そこにいるじゃない」

手は鍋を掻き混ぜるので忙しいのか、顎をクイっとして『そこ』を指してきた。

というか場所は俺のすぐ隣。

調理室の入り口に程近い、低い位置にある戸棚、そこに背を預け――。

……安らかな寝顔を浮かべた星蘭がグッタリと倒れていた。

「せ、星蘭ぁ――っ!?」

死相とも呼ぶべきか、真っ白になった星蘭からは生気を全く感じられない。身体はピクリとも動かず、サスペンスドラマの死体発見シーンのように俺の頭の中では衝撃的なＢＧ

Mが流れた。

ふらふらと伸びた星蘭の指先は力ない筆跡で『はんにん　は　ブラック　ウィング』と赤文字を床に残している。一瞬、血かとも思ったが、よく見たらケチャップだった。そこまで書いたんなら、もう名前を書けよ。

「おい、星蘭、大丈夫かっ⁉」

「……うぅ、ううぅ……ルー、くん……？」

ゆさゆさと肩を揺すると、星蘭は薄《うつす》らと瞼《まぶた》を開けた。

「す、すまないルーくん。メシマズヒロインなんてアニメではよくある話。多少の出来の悪さなら、愛情やら将来性やらに期待して美味しくいただこうと思っていたのだが……笑ってくれ、味見だけでこの有様だよ」

「……そんなにヤバいのか、乃羽の料理は」

「まずお米を洗剤で洗い始めた」

今日、俺は死ぬかもしれない。

山の朝はかなりの涼しさだというのに全身から嫌な汗が止まらなかった。

「あ、安心してくれ……とまでは言えないが、身体《からだ》に害が及びそうなところにはどうにか私が手を出した。だからまあアレは、ただ単に究極にマズい料理というだけだ」

「……本当か？　アレを食べて無事に生還できる未来が見えないんだが」

「グッドラック、ルーくん。もし来世というものがあるのなら、また君と出会いたい」

やけに格好いい決め台詞《きぜりふ》……いや、遺言を残して星蘭はガクッと気を失った。

果たして身体に害はないという話をどこまで信じていいものか。本能が叫ぶ『逃げろ』という命令に従って回れ右をした俺だったけど、そこで襟首をグイッと掴《つか》まれる。

「ちょうどよかったわ。部屋まで運ぶのも面倒だったからここで食べていきなさい。そのまま洗い物もできるし」

「いや、あの、いや」

嫌々と首を振ったところで、慈悲も容赦もあるわけなかった。

調理室の端にある小さなテーブル。そこに用意された丸椅子にちょこんっと座らされた俺は、死刑執行を待つ罪人のように青白い顔で冷や汗を流すことしかできなかった。

乃羽が料理を持ってくる。

目の前にゴトリと置かれた大皿には粘性のある紫色の液体がゴボゴボと泡を吐いていた。

なんだろう、ここから新たな生命体が生まれたとしても驚かない見た目だ。

「……シェフ。こちらの料理は？」

「どこからどう見てもホワイトシチューじゃない。たしか流斗はご飯にかけて食べる派だったわよね」

「………………ホワイトの要素がどこにもねぇ」

あれだろうか。

食べたら真っ白に燃え尽きるとか、そういう意味でのホワイトだろうか。

必死に生存ルートを探してみるが、見つかったのは、目の前に座った乃羽のニコニコとした笑顔だけ。組んだ手の上に顎を乗せて、今か今かと俺が食べるのを待っている。

少しの裏も見えないその笑顔は、本当に俺のために料理を作ってくれたのだと分かってしまって――。

「……」

瞼を閉じて、ふーっと大きく息を吐く。

覚悟を決めろ舞織流斗。お前は乃羽の唯一無二の相棒だろ。

今から負担をかける胃袋に謝罪の意味を込めて腹の上から優しく撫でた。

俺はスプーンを手に取って、恐る恐ると口を開く。

「……いただきます」

「うん、召し上がれっ」

いつもよりちょっとだけ弾んで聞こえる乃羽の声に押され、俺は大皿の中にスプーンを沈ませる。大丈夫、きっと大丈夫、本当に危ないところは星蘭が見てくれたと言っていたから大丈夫なはず。引き上げたスプーンに納豆のネバネバみたいな光沢のある糸が絡んできたけど、きっと大丈夫。

もはや自己暗示にも近い言い聞かせで目の前のシチュー（？）を食材だと割り切り、俺はゆっくりとスプーンを口に運――――。


気づいたとき。

目の前には俺が小さい頃に亡くなった、大好きだったばあちゃんがいた。

ばあちゃん？　なんでこんなとこにいるの？　どうして笑顔で手を振っているの？

お前はまだここに来てはいけないよって、なに？　それってどういう意味なの？

＊＊＊

俺はオカルトを信じないタイプだと思っていたけど、これからは認識を変えていかなければならない。あれだけ鮮明な臨死体験をしてしまったのならば、死後の世界とやらも信じないわけにはいかないだろう。

「流斗？　調子が悪いんなら僕が身体を洗ってあげようか？」

「いやいい、自分で洗う」

大浴場に一緒に来た悠馬《ゆうま》の申し出を丁重に断る。調子が悪いかどうかはさておき、友達に身体を洗われるなんて恥ずかしいから嫌だ。しかし、ふむ？　ふと合った悠馬の瞳がガッカリしたように見えたのは気のせいだろうか。

さて、少し記憶を整理する。

乃羽の料理を食べてから、俺が目を覚ましたのはお昼過ぎ。

先生や悠馬には疲れが溜《た》まっていたと言い訳しておいたが、ふたりには優しい目を……いや、戦場で戦ってきた勇者を見るような目を向けられた。もしかしたら先生たちも俺が寝ている間に乃羽の料理の腕前を知ってしまったのかもしれない。

ともあれ、ステージまであと二日。

午前を休んでしまった分、午後はきっちりダンスの練習に専念することに。

星蘭と悠馬は変わらず俺たちのサポートをしてくれて、八桜《やざくら》先生は祭りの音響を管理するスペースに顔を出していた。なんでも機器にトラブルがあったらしく、その解決に手を貸しているとのこと。どうしてそんなことにまで詳しいのか尋ねてみると、学校の先生というものは文化祭や体育祭などのイベントの運営を経験するから、自然とこういう機器のトラブルに強くなるらしい。日が落ちる頃には、祭りのスタッフさんたちは八桜先生を尊敬するような目で見ていた。

……やっぱりすごい人なんだよなぁ。

八桜先生への尊敬を俺もこっそり抱きながら、ペタペタと大浴場の石畳を歩く。

近くに源泉があるらしく、この旅館の浴場は全てが天然温泉だ。その効能は多種多様にわたり、中でも疲労や筋肉痛の解消はダンスで酷使した身体にとても有難い。合宿が始まってしばらく経《た》った今、とっくに俺はこの温泉の虜《とりこ》になっていた。

「流斗《ると》ってここの温泉すごく気に入ってるよね。今日はもう何回目？」

「朝風呂と、昼に起きたときの眠気覚ましでもう一回。午後の練習後にも入って、夕飯を食べた後の今回だから……四回目だな」

「大丈夫？　身体ふやけてたりしない？」

改めて言われると、少し入り過ぎな気がするな。

だけどここの温泉は種類も多く、露天風呂は都内では見られない山の景色を一望できて実に見応えがある。天気や時間帯によって、紅葉する山々は違う表情を見せてくれるので何度眺めていたって飽きがこない。

そして何より併設されているサウナの質が高い。俺好みの温度。上品なヒノキの香りはまるで森林浴をしているかのようなリラックス効果を味わえる。水風呂も気持ちよく、外気浴のための椅子が紅葉を楽しめる位置に用意されているのも嬉《うれ》しい。自律神経は整い、新陳代謝は上がり、血流が淀《よど》みなく全身を駆け回る。汚れと共に蓄積された疲労が溶けていく感覚。人はこの瞬間こそを『整う』と呼ぶのだろう。このサウナのおかげで辛《つら》い合宿の日々も、俺は常にパーフェクトな状態を維持できており――。

「ていっ」

「わっ!?　なんだ悠馬、急にお湯なんかかけてきて」

「んー、何となく流斗がこっちに戻ってこないような気がして」

頭からかけ湯を被《かぶ》せてきた悠馬が、よくわからないことを言ってきた。

温泉の湯気で揺らめく友人の身体は白く滑らかでシミひとつない。男ながらにその綺麗《きれい》さには一種の羨望のようなものを抱いてしまうが、とりあえず疑問をひとつ。

「どうしてお前、タオルで胸まで隠してんの？」

「……見たいの？　まあ、流斗にだったら特別に見せてあげてもいいけど」

「アホ」

馬鹿みたいな戯言《たわごと》をそのひと言で切り捨てて俺は洗い場へと向かった。悠馬と並んで髪と身体を洗ってから、露天風呂へと移動する。

時間帯のおかげか、辺りに人はいなく貸切の状態。山の景色は暗闇に落ちていて、昼間のように紅葉を楽しむといったことはできなかったけど、その代わりにぽつぽつと煌《きら》めく星々が夜天に輝きを散らしていた。

山の空気は澄んでいて、星がよく見える。

岩で囲われた露天風呂に身体を浸らせて、俺たちはただ星空を見上げていた。

疲労が温泉へと溶けていく感覚。見上げる星空の光景も合わせて、普段俺たちが暮らす都内では味わえない経験。それに少し浮かれてしまったのか、隣にいる悠馬が脈絡もなくこんなことを言ってきた。

「――僕、2．5次元俳優を目指そうと思うんだ」

「2．5次元俳優？」

「漫画やアニメが舞台化したときとかに、キャラクターを演じる俳優さんのことだよ」

流れ星を見つけたわけではないだろう。

でも星空を見上げる悠馬の瞳には、何かに憧れる疼《うず》きがあった。ちょっとやってみたいだとか、なれたらいいなとか、そんな曖昧な願いではない。自分の未来を地続きに考えたとき、その道の先で辿《たど》り着く場所として、悠馬は今――夢を語ったのだ。

「いいんじゃねえか。合ってると思うぞ」

「……んー」

「なんだよ」

「なんか軽いなーって。一応これでも初めて誰かに話した夢なんだけど」

「お前が軽い気持ちで言ってんなら苦言のひとつでも漏らしてたかもしれねぇ。でも本気で目指そうって思ってる夢だったら、普通に応援するだけだから」

だから本音を伝えただけ。
2．5次元俳優とやらがどういうものか詳しくは知らないけど、アニメや漫画が大好きで演劇部の活動にも熱心に取り組んでいる悠馬ならきっと合っているはず。漠然とそう思って、だから純粋に応援したいと思った。ただそれだけの話だ。

「……そっか」

悠馬はしばらく俺の顔を見つめた後、何気なく尋ねてくる。

「流斗ってさ、本気で頑張ってる人のことを悪く言わないよね」

「は？　別に普通のことだろ？」

「ううん、普通じゃないよ。ＳＮＳとか漫画アプリの感想ページとかを開けばわかると思うけど、本気で頑張ってるスポーツ選手とか、その人が本気で作った作品とかに、当たり前みたいな感じで悪口を書く人はいっぱいいるんだ。ほら、ネット上の誹謗中傷《ひぼうちゅうしょう》とか、よく話題になってるよね」

悠馬の言っていることに心当たりはある。

直接的ではないにしろ、俺がダンスを辞めた理由のひとつも、ＳＮＳに書き込まれたネットの声だった。全てが悪意に溢《あふ》れていたとは思わない。それでも中には、相手を傷つけることを前提とした酷《ひど》い言葉を使っている投稿なんかもいくつかあった。

俺もダンスという、誰かに見てもらうことで意味を持つ種目の競技者だ。評価されることは必要だと思うし、酷評と呼ばれるような手厳しい批評をもらって、それを糧に自分を見つめ直すような機会があってもいいとは思う。

だけど、それでも。

確かに世界には、明確な悪意を持って頑張っている人を言葉の刃で傷つけようとする人がいる。そういう人の気持ちは、俺にはよくわからない。何かを本気で頑張るってことはそれだけで素晴らしいことだし、胸を張っていいことだと思うから。

「あれか？　誰かに言われたのか、2．5次元俳優を目指すのなんて馬鹿らしいって」

「え？　あ、ううん、そういうことじゃないよ。僕はあまり他人から悪く思われたって気にしないタイプだから」
2．5次元俳優を目指すのを伝えたのも流斗が初めてだしね、と悠馬は笑う。
漫画やアニメに対する偏見は完全になくなったとは言い切れない。てっきりそっちの世界をあまり理解してもらえない人から酷いことでも言われたのかと思ったが、悠馬が俺に伝えたいのはもっと別のことらしい。

「ただ——自分のやりたいことを応援してもらえるのって、嬉しいなって思っただけ」

そう言って、悠馬は優しく笑った。

自惚《うぬぼ》れることはできないけど、俺の言葉というか向き合い方が、そんな悠馬の笑顔に少しでも貢献できたのなら、ちょっとだけ嬉しくもある。

「まあ、なんだ。今回のダンス合宿では世話になったからな。もし俺に手伝えることがあればいつでも言ってくれ」

「別に貸し借りとかは気にしなくていいけど……そうだね、じゃあ」

ざばっ、と温泉の中で立ち上がった悠馬は俺を静かな瞳で見下ろした。

なんだろう。雰囲気が変わったというか、普段の悠馬が持つおっとりとした空気を感じない。妙に捻《ひね》くれたというか、無理して気怠《けだる》げな表情を作っているというか、どこかで見覚えのある曖昧なイメージが悠馬の影と重なる。


「――どう思う、流斗？」


そして決定的な違い、尋ねられた声が普段の悠馬の声と明確に違っていた。

おそらく何かのキャラの声真似《こえまね》。2．5次元俳優を目指すために、さっそく演技の練習を始めてみたのかもしれない。ということは、あれか。協力して欲しいこととは、俺に演技の感想をもらいたいとかそういう話か。

「格好いい声だな。アニメキャラの声真似か？」

「いや、流斗の声の真似だよ」

格好いい声とか言っちゃったよ。恥ずかしい。

自分がいったいどういう声をしてるとかって、自分じゃよくわかんねぇんだよ。

なんとなく顔が熱くて意味もなく頭を掻《か》いたりしていると。

「……ん？」

温泉から上がった悠馬《ゆうま》がペタペタと石畳を歩き、とある場所で立ち止まった。露天風呂の壁というか仕切りというか、女湯とを隔てる竹垣の前だった。

「2.5次元俳優を目指すならやっぱり声にも演技力が必要だと思うからね。その練習に流斗の声を貸して欲しいんだ」

はて、声を貸すとはいったい？

悠馬の言っている意味も、何をしようとしているのかもさっぱり読めない。

返す言葉を決めあぐねていると、悠馬は竹垣の上の方へと顔を向けた。演劇部で喉は鍛えているのだろう。その口から張った声は静かな夜空によく響いた。

「乃羽《のわ》ー、聞こえるかー？」

悠馬の声はさっき披露した俺の声真似だった。何やってんだ、こいつ。

「男湯の方のシャンプーが切れちゃってな、ちょっとそっちのシャンプーを貸してくれねぇか？　なあ、頼むよ乃羽、お願いだよ、俺とお前の仲だろ？」

女湯へと投げかける悠馬の声は、ちょっとした抑揚やクセまでが普段の調子と違っていた。これは……俺の声を真似ている、ということでいいのだろうか？

つまり、なんだ？

演技練習のために声を貸して欲しいというのは、俺の声真似で乃羽を騙《だま》せるかを試させて欲しいということか。確かに実践は技術を上達させるための最も効率的な手段だとは思うが、これが声真似の練習として最適解なのかは甚だ疑問である。

「乃羽ー、聞こえてないのか？」

そして実際、悠馬の声真似に成果はなく、竹垣の向こう側は沈黙を保ったまま。

それもそうだろうと、俺の中では納得の方が近い。

悠馬の声真似がどこまで似ているかはわからないが、少なくとも俺と乃羽は三年間をダンスのパートナーとして過ごした相棒だ。絆《きずな》が深いなんて言い方は恥ずかしいが、乃羽がそう簡単に俺の声を別の誰かと聞き間違えるとは思えない。

そもそも、だ。

もし本当に俺が頼んだとして、わざわざ乃羽が女湯からシャンプーを渡してくれるとは考えにくい。だって、そんなお願い自体がそもそも非常識だ。風呂から出たらちゃんと乃羽には事情を説明しよう。


とか思っていたら……ぽ～ん、と。

女湯から竹垣を飛び越えてきたシャンプーが、悠馬の手元にぽすっと収まった。

……あっれぇー、乃羽優しい。

……ってか気づいて欲しかったなぁ、俺の声じゃないって。

なんかよくわからない悔しさに落ち込んでいると、悠馬がペタペタと近づいてきて手に持ったシャンプーを俺へと見せつけてくる。

「どう、流斗《ると》？　興奮する？」

「お前、俺のことをなんだと思ってるんだ」

世の中にはいろんな趣味嗜好《しゅみしこう》の人がいるとは思うが、まさかシャンプーに興奮する男だと思われているとは思わなかった。

「そうじゃなくてさ、ここはお風呂だからこれを男湯へと投げ入れた黒咲《くろさき》さんは裸だったってことだよね。そう思うと、どう？　ちょっと興奮しない？　まあ、僕は三次元の女の子にはあまり興味ないんだけど」

「何が言いたいのかサッパリわからん」

「でも待てよ。実際に見えていないということは、これは妄想の類。つまりは二次創作のような創造力の産物？　となればこれは僕の領分かもしれないね。ニュートンだって樹《き》から落ちた林檎《りんご》から万有引力の法則を思い至ったと言うじゃないか。きっかけは些細《ささい》なことでいい。このシャンプーから妄想の翼を広げて、新たな世界を——いや、真なる芸術を創っていこうじゃないか！　僕はオタク界のニュートンになる！」

「お前って顔はいいのに、本当に中身は残念だよな」

勝手にひとりで盛り上がっている悠馬に、俺は湯船から生温かい視線を送った。

本気で頑張っているやつを馬鹿にしないと言ったばかりだけど……うん、今回だけは撤回させて欲しい。世の中には頑張っても理解できないものがある。そう割り切って、俺はもう温泉を堪能することに頭を切り替えた。

あー、いいお湯加減。

「乃羽、生意気なオッパイの話をしよう」

「なに言ってんの、あんた」

星の綺麗《きれい》な夜空に見守られながら温泉を楽しんでいたあたしに、星蘭《せいら》がいろいろと台無しにするようなことを言ってきた。

時間帯のおかげか、大浴場はほとんど貸切状態。夜の帷《とばり》が下りた山々は紅葉の鮮やかさを見せてはくれないけど、星明かりで薄《うす》らと見える静かな山容からは、都会では味わえない大きな自然のエネルギーを感じた。温泉の温かさも相まって、あたしの身体《からだ》の中にポカポカと明日を頑張るための活力が補充されていくのがわかる。

そんないい感じの雰囲気に浸っていたあたしだけど、隣で一緒に温泉に浸《つ》かっていた星蘭の発言についジトっとした目を向けてしまった。

「なによその、生意気なオッパイって」

「アニメや漫画の定番さ。今みたいな女の子同士で入浴しているとき、お互いのオッパイを揉《も》んだり突《つ》ついたりするイベントを私はやりたい。なお、このシーンは互いの胸囲に差があったり、どちらかが胸にコンプレックスを持っていたときなどによく発生する」

「途中から何かの説明書っぽくなったわね」

つまり、なに？

あたしの胸を揉みたいって言ってるのかしら。まあ別に、それくらいだったら減るものでもないし好きにすればいいと思うけど。

「では乃羽、さっそく私の胸を好きにしてくれ」

「あたしが揉むの？　別に興味ないけど」

「いや、これは私の覚悟の証明のようなものだ。よく言うではないか。揉んでいいのは揉まれる覚悟がある者だけだと」

「初めて聞いたわよ」

相変わらず星蘭の言っていることはよくわからないわね。それとも何かのアニメの引用かしら？　まあどっちにしたって、それで星蘭が楽しめるなら付き合ってあげるわよ。

「では乃羽、揉んだり突ついたり吸ったり舐《な》めたりと好きにするがいい」

「そこまでしないわよ」

ざばっ、と立ち上がった星蘭が腰に手を当ててあたしを見下ろした。

なんていうか、こう改めて見ると凄《すご》いスタイルね。手足は長くて腰は細い。それなのに女の子らしい起伏はしっかりとあって肉付きもいい。肌も白く滑らかで、夜空の中にいると、濡《ぬ》れた肢体が星の輝きを集めているみたいに煌《きら》めいて見える。

……そして、うん、確かに生意気だわ。

こう、衣服の抑圧から解放されたありのままの姿を見ると、生意気な脂肪の塊が思っていたよりもずっと生意気だった。分かりやすく擬音で説明すると、こんな感じ――。

「ばるんばるんっ」

「ん、何がだい？」

「こっちの話よ。気にしないで」

首を傾《かし》げた星蘭の視線を、軽く手を振って受け流す。

えっと、なんだっけ。そうだ、星蘭の胸を揉めばいいんだった。

「じゃあ、いくわよ」

「うむ、遠慮なく頼む」

遠慮ってなんだろうって思いながら、あたしは後ろから星蘭の胸を揉んだ。

ぎゅむう。

うわ、なにこれ……。柔らかいのはそうなんだけど、ただ柔らかいだけじゃなくて、肌の滑らかさっていうか、手のひらに吸い付く温かさっていうか、そういういろいろな要素が合わさって、気持ちいいって感触がダイレクトにあたしの手に伝わってくる。

無意識のうちに、ごくりと唾を飲んでいた。

う、うん……。

何かしら、興味はないって言ったのに不思議と手が離れないわ。どんなに力を込めても崩れないマシュマロを揉んでるみたい。肌に吸い付く柔らかいお肉の感触が未知の引力となってあたしの指先を摑《つか》まえたまま離さない。どうしよう、これ。

「ふふっ、どうだい乃羽。女の子の胸も悪くないだろう？　手入れにはそれなりに時間とお金をかけているからね。肌触りも悪くないはずだ」

もみもみ、ぐにぐに。

「胸の筋トレも頑張っているから揉み応えもあるだろう？　筋の張った筋肉ではなく柔軟性のある柔らかい筋肉になるようストレッチも多めに取り入れていて──」

ぎゅむぎゅむ、ふにふに。

「………あの、乃羽？　別に嫌ではないのだが、その、だんだん力が入っているような気が……？　あっ、待っ、そこは少し敏感で！　も、もう少し優しく……っ！」

くねりと逃げるように腰を捻《ひね》った星蘭の反応で、あたしは我に返った。

はっ、いけない。知らない間に夢中になっていたわ。

思わずあたしは星蘭の胸からパッと手を離す。指先が少しだけ名残惜しいとわきわき蠢《うごめ》いていたけど、そこは自制心でどうにかした。危ない危ない。

「ふ、ふふふっ、まさか乃羽にこんな積極性があったとは。しかも私の声が届かないほど無我夢中に。まさに欲望の傀儡《かいらい》。性の獣。色欲の操り人形！」

「変なあだ名、付けないでくれる!?」

「ここまで好き勝手にされたのだから、私も遠慮なく好き勝手させてもらうぞ」

「……はいはい、どうぞ」

あたしは背を向けて、揉みやすいように星蘭に寄りかかる。

脇の下からにゅっと伸びてきた細い腕は、まるで獲物に噛《か》み付く捕食者みたいにあたしの胸に食いかかった。その際、星蘭の爪が胸の先端をぴんっと引っ掻《か》いて――。

「…………………ぁんっ」

思わず漏れてしまった声を、慌てて手で押さえ込む。

普段よりも三つはオクターブが上がった甲高い声。

首をぎぎっと捻って後ろを見ると、固まった星蘭の顔が真っ赤に染まっていた。

「……乃羽。今の声はちょっと、えっち過ぎるというか、その……」

「う、うるさいわねっ！」

あたしだって自分の口からこんな声が出るなんて思わなかった。

ううう、恥ずかしい……。ぷるぷると震える肩を誤魔化すために温泉に深く浸かる。でも星蘭はまだ背中に密着したままで、ぐにぐにとあたしの胸を揉んでいた。

「……どう、気持ちいい？」

「うむ、うむうむ、ちょうどいい。スポーティな乃羽《のわ》に似合う一番可愛《かわい》いサイズだ。だがもし乃羽がもっと大きくなりたいと望むのなら私が揉んで育ててあげよう」

「あたしは今の大きさが気に入ってるわ。ダンスを踊るのに大き過ぎると邪魔だもの」

「でもルーくんは大きいサイズが好きだと思うよ。家でちょっと胸元の緩いシャツとかを着ているとバレないようにチラチラと見てくるし」

「遠慮なく揉みなさい星蘭。もっとこう、うどんを捏《こ》ねるみたいに」

「任された」

揉んだら大きくなるなんて迷信だとは思うけど、試さないよりはいいだろう。やって何かを損するわけでもないし、やらなければ可能性はゼロだから。

っていうか、あの馬鹿。昔から視線がわかりやすいのよ。女の子ってのはそういう視線に敏感なんだから、もっとさりげなくっていうか上手にやりなさい。

……いや、上手にやりなさいも変ね。次、そういうのを見かけたら脛《すね》を蹴ろう。キックターンの要領で。できるだけ痛みが残るように。

あたしが密《ひそ》かにそんな決意をしていると、背中にくっついた星蘭がくすくすと笑い出した。なに？　という視線をぶつけると、ふんわりとした温かい笑みを返される。

「ふふっ、乃羽は本当にルーくんのことが好きなんだね」

「ばっ！　そんな好きとか、そういうんじゃないわよ！　これはそう、相棒として！　ダンスのパートナーとして流斗の気持ちにはできるだけ寄り添ってあげようっていうあたしの優しさよ！」

自分で言っておきながら、何を言っているかよくわからない。

この口はいつだってそうだ。肝心なところで素直になれない生まれつきの天邪鬼《あまのじゃく》。もにょもにょと尖《とが》らせた口から「うー」と呻《うめ》き声《ごえ》を漏らす。そんな子供っぽい仕草を星蘭が優しい目で見ていて、その視線が恥ずかしくてぶくぶくとお湯に顔を埋《うず》めた。

「そういう星蘭はどうなのよ。あんたは流斗のことが好きなの？」

「好きだよ。ルーくんが望むなら、私の全てを差し出してもいいと思うくらいにはね」

即答だった。

そこには余計な抑揚も強調するような語気もない。あまりにも自然に、当然のことを答えるかのように星蘭は言う。その迷いのなさにあたしは目を丸くして、それから納得したように小さく笑ってしまった。

今更そこに躊躇《ためら》うような星蘭ではない。

だって、流斗《ると》のためにアメリカからやってくるような子なんだ。留学の理由を詳しく聞いたことなんてないけど、その目的の中心に流斗がいたことは間違いない。

「……羨ましいわ。星蘭のそのまっすぐな性格が」

「曲がっていても魅力的な性格なんていくらでもあるだろう。それこそツンデレなんてアニメの世界では永遠の需要だ。なろうと思ってなれるものではない」

「……ちょっと、それをあたしに言うってどういうことよ」

「おや、自覚がなかったかい？」

ウザい顔で笑う星蘭に、ばしゃっとお湯をかける。

たぶん、この流れも星蘭の思い通りなんだろう。

この子は考えなしのようで実は強《したた》かだ。

深刻になりかけた空気を察して、ふざけたことを言って場を濁す。あたしにはできない器用さで、楽しい時間を壊さないようにしている。

ちょっとだけ、寂しいなって思った。

友達には……少なくともあたしには、そういう気遣いとかいらないのにって。

「ねえ、星蘭」

そんなことを思ったからだろうか。

するっと口からこぼれるみたいに、普段は言わないようなことを口走ってしまう。

「もし流斗のことが欲しかったら、あたしに遠慮とかしないでいいからね」

先走った話だと思う。でもそれが、遠い未来の話だとも思わない。

星蘭《せいら》は優しい女の子だ。他人のために本気で頑張ることができて、目的のためにいろいろなことを犠牲にできる女の子。その強さで、その輝きで、立ち止まっていた流斗の足を前へと進ませた。あたしにできなかったことをやり遂げた、とっても強いアメリカ帰りの女の子。

……報われて欲しいと思う。

こんなに優しくて、こんなに頑張っている女の子が、本当に欲しいものを手に入れられないなんて、そんなことはあっちゃダメだ。

胸の奥がギシギシと痛い。

でも、それに気づかれないように顔を引き締める。どれくらい効果があったかはわからないけど、星蘭は困ったように笑っていた。

「………………ん、ん〜」

「？　どういう反応よ、それ」

あたしとしてはけっこう思い切ったことを言ったつもりなんだけど、星蘭の反応はどこか煮え切らない。困った笑みは残ったまま、星蘭は言葉を選ぶように語り出した。

「たしかにルーくんの恋人になれたら素敵だと思う。昨今流行《はや》りのいちゃらぶ系ラノベのようにどろどろと溶けた砂糖のような甘い生活を過ごし、ゆくゆくは結婚して、子供もたくさん産んで、最後は多くの孫に囲まれながら安らかに寿命を終えたい」

「そこまでの人生設計は聞いてないけど」

「でも現実的な話として今のルーくんと恋人関係になれるとは思えない。いや、問題はもっと根本的な部分かな？　こと恋愛においてルーくんはおこちゃまだ。小学生レベルといってもいい。見ていて恥ずかしくなるくらいにね」

「あんた、流斗のことが好きなのよね？」

とは言いつつも、星蘭の言っていることに心当たりはある。

流斗は女の子に興味がないわけではなさそうだけど、恋愛の話……いや、違うな。自分に向けられる恋愛的な好意については驚くくらいに鈍感だ。普通の人なら異性を意識してしまいそうな会話や触れ合いにもそこまで深く頓着しない。

そういう目線で女の子を見ていないからか、流斗自身もけっこう躊躇《ちゆうちよ》なくクサイ発言……って言うのは可哀想《かわいそう》かな？　恥ずかしいことを言ったり、強めの触れ合いを拒んだりしない。

たぶん誰かと付き合うとか恋人になるとか、そういう想像をしたことがないんだろう。

いや、これもなんか違う。どう言えばいいのかな。流斗の頭の中にはそういうことを考えている余裕というか……隙？　みたいなのがないんだ。だって、流斗は——。

「ルーくんの見ている世界の中心にはダンスがある」

同じことを考えていたんだろう、星蘭の声があたしの思考の結論を引き継ぐ。

「たぶんルーくんはまだ、小さい頃に私と交わした約束に縛られたままなんだ」

「……ダンスでアメリカに行って星蘭に会いに行く、ってやつよね」

「ああ。私が日本に来てしまったせいで有耶無耶《うやむや》になってしまったが、ルーくんはまだその破れかけの約束を追いかけている。ダンスの力でアメリカに渡れるくらいの、それくらいの成果や実績を出すまではきっと恋愛なんてできない。ルーくんが本当の意味で女の子を好きになれるのは、そういった約束が全部片付いてからだ」

ちゃぷんっ、と星蘭は温泉に深く浸《つ》かった。

それから夜空を眺めて、遠くの星へと手を伸ばすみたいな声で言う。

「だから私は乃羽が羨ましい」

「……あたしが？」

「ルーくんのその夢を私は応援することしかできない。でも乃羽は実際にルーくんの隣に立って、その夢に力を貸すことができる。……羨ましいし、悔しいよ。私はダンスができないからね」

「……」

「だからこそ乃羽にお願いしたい。私の分まで、ルーくんのダンスの力になって欲しい」

星蘭はそっとあたしの手を握ってきた。

お湯の中だったけど、触れ合う指先の感触はずっと熱い。だって、託されたのは星蘭の心そのものだったから。これだけの熱量を受け取ったら目を逸《そ》らす方が難しい。

あたしはぎゅっと星蘭の手を握り返しながら言った。

「……うん、頑張る」

小さな声だったけど、想《おも》いはいっぱい詰め込んだ。

その決意はきちんと届いてくれたみたいで、星蘭はあたしを見つめながら優しく微笑《ほほえ》んでくれる。その瞳の温かさをちょっとだけこそばゆいなって思っていたら——。

「そういえば乃羽」

いつの間にか星蘭が、いつものウザい顔に戻っていた。

「遠慮をするなという言葉をそっくりそのままお返ししよう。ルーくんの夢がきちんと全部片付いたら、そのときは正々堂々と戦おうではないか」

「……なんの宣戦布告よ」

「ちなみに私はハーレムルートでも構わないぞ？　いやむしろ、そっちの方がいいのでは？　右手にルーくん、左手に乃羽……うむ、これはかなりの贅沢《ぜいたく》だな」

「本当になんの話よっ!?」

変な妄想を始めた星蘭にお湯をばちゃっとかける。

星蘭も負けじと抵抗してきて、そんな馬鹿らしいやり取りが楽しかった。

誰かとこんな深い話をしたのなんて初めてだ。出会ってまだ短いけど、いつの間にか星星蘭はあたしの大切な友達になっていたんだなって、恥ずかしいけどそれを自覚する。いつの間にか
あたしが思っていたよりもずっと、星蘭は遠くまでを見通せる女の子だった。

星蘭はあたしのことを羨ましいって言ってくれたけど、やっぱりあたしは星蘭のことが羨ましい。星蘭みたいな、強くて自分にまっすぐな、そんな生き方に憧れる。

「ねえ星蘭」

「なんだい？」

「明後日《あさって》に雑誌の撮影があるって言ってたわよね」

「ああ。ここの近くに紅葉の綺麗《きれい》な場所があってね、私が出ているファッション雑誌の撮影にもよく使われているらしい。私がここで合宿することを伝えたらマァムが手を回してくれた。どうせなら良い画《え》を撮ってこいと」

「それ、あたしもまだ行けたりする？」

実を言うと、その撮影にはあたしも誘われていた。

夏休みのコスプレイベントのときに星蘭のお母さん――ファッションブランド『アーリン・サンライズ』のＣＥＯであるオリヴィアさんと連絡先を交換していて、実はこれまでも何回かモデルの撮影に誘われたことがある。

ダンスで忙しいっていうのと、やっぱりあたしがモデルなんて、っていう自信のなさから断っていたけど……ちょっとだけ星蘭の見ている景色ってのを見たくなった。

もちろんモデルの仕事を経験してみたからっていきなり星蘭みたいになれるなんて思ってないけど、そういう考えを抜きにしたって今は新しい一歩を踏み出したい気分だった。

「大丈夫なのかい。明後日はステージの日だったと思うが」

「スケジュールは聞いてるわ。リハーサルの時間までには戻ってこられるから大丈夫よ」

それに、とあたしは続ける。

自分の胸に手を置いて、ドクドクと鼓動を打つ心臓の音を感じながら。

「今のあたし、ここが燃えてるの。いろんなことに挑戦してみたいって」

星空の綺麗さに浮かれたわけじゃない。温泉の熱さにのぼせたわけでもない。

これはあたしの心が決めた、あたしの言葉だ。

「わかった、マァムに聞いてみよう」

「うん、ありがと」

星蘭は微笑んであたしのお願いを聞いてくれた。

輝《きら》きが煌めく夜空に流れ星は見つからない。それでいいとあたしは思う。

願いが叶《かな》うなんて迷信も、幸運が落ちてくるとかいう星の魔法も必要ない。願いっていうのは、本当に欲しいものっていうのは、自分の足が追いかけて、自分の手を必死に伸ばして、そうやって手に入れるから輝くものなんだって——そう、信じてるから。

＊＊＊

ステージ前日。

この日は明日に疲れを残さないようにと軽めの練習で終わりにした。

動きはもう馴染《なじ》ませた。音を聞けば身体《からだ》が勝手に動き出すくらいには、ダンスが頭に入っている。星蘭や悠馬《ゆうま》に協力してもらってアニメのイメージが伝わるような振り付けも考えたし、それらのパフォーマンスが少しでもよくなるように修正も繰り返した。

だから大丈夫、きっと明日は成功する。

そんな予感を胸に抱きしめて、俺たちは旅館へと戻った。

部屋にはたくさんの浴衣があった。

「……は？」

突然のことで惚《ほう》けたような声が漏れてしまう。

場所は俺たちが寝泊まりしている部屋。

ハンガーラックにかけられた華やかな柄の浴衣がずらっと並び、その光景はまるでレンタル浴衣屋の店内のようだった。鮮やかな色彩に圧倒されていると、浴衣のひとつを手に取っていた女性がこちらににこりと微笑みかけてくる。

「あ、おかえり～、浴衣の準備できてるよ」

オシャレな雰囲気のある大人の女性。

美人だけど人当たりのいい笑顔のせいか、近寄りがたい雰囲気はない。その笑顔には既視感というか見覚えがあった。記憶の箱をひっくり返して、その名前を拾い上げる。

「……えっと、遊佐《ゆさ》さん？」

「お、一度会っただけの女性の名前を覚えてるなんて、さては少年、プレイボーイだな？」

揶揄《からか》うように言ってくる遊佐さん。

その反応に愛想笑いを返しながら、内心で名前が合っていたことにホッとする。この人は夏休みのときに同行した星蘭のモデル撮影の現場にいた、ファッション誌の編集をしている遊佐さんだ。名刺をもらったけど下の名前は読めなかった。オシャレ過ぎて。

「どうして遊佐さんがここに？」

「星蘭ちゃんと社長にお願いされてね、明日の撮影のついでに浴衣を届けにきたんだ」

「社長？」

「星蘭ちゃんのお母さん。『クイーン・オリヴィア』って名前聞いたことない？　世界的なデザイナーで、こないだも美しすぎる女社長ってテレビに特集されてたよ。私の勤めている出版社が『アーリン・サンライズ』の傘下でね。正確にはＣＥＯなんだけど、みんなオリヴィアさんのことは社長って呼んでるんだ」

ほわんほわん、と頭の中でオリヴィアさんを思い浮かべる。

綺麗なのは間違いないけどどこか妖しい雰囲気もあって、俺の中では魔女みたいなイメージが強い。四十歳を超えているのに若々しい肌やスタイルなども、そのイメージの助長に一役買っている。夜な夜な若い女性の生き血とかを吸っていそうだ。

「ルーくん。マァムからメッセージが飛んできたぞ。なになに――『次はルトくんの血を吸いにいってもいいんだよ？』だそうだ」

怖いよ、エスパーかよ。

これもう、俺がわかりやすいとかそういう領域じゃないじゃん。

オリヴィアさんの特殊能力めいたメッセージに背筋を震わせるしかなく、そんな俺のことは放置して星蘭《せいら》は遊佐さんに話しかけていた。

「遊佐さん。私の我儘《わがまま》を聞いていただきありがとうございます」

「大丈夫だよー。もともと撮影には付き合うつもりだったし、私もデスクワークより現場に出るお仕事の方が好きだから」

「そう言っていただけると助かります。それで、こちらの浴衣は」

「うん、友達の分もあるから好きに選んじゃって。気に入ったやつがあったら着付けも私がしちゃうから声かけてね」

「お世話になります。では乃羽《のわ》、素敵な浴衣を選びに行こうではないか」

まだ状況が呑《の》み込めていないのか、乃羽は「え、え？」と驚きながら星蘭に手を引きずられていった。残った俺は遊佐さんに軽く頭を下げる。

「えっと、すみません、星蘭が無茶を言ったみたいで」

「ん？　星蘭ちゃんがどんなお願いをしてきたのか知ってるのかな？」

「みんなで浴衣を着て祭りに行きたいから用意して欲しい、ってとこですよね」

「お、正解。さすがだね。ちなみに無茶はしてないから気にしないで大丈夫だよ。明日この近くで星蘭ちゃんの撮影があることは知ってる？　友達の、えっと……乃羽ちゃん？と一緒に」

俺はこくりと頷《うなず》いた。乃羽も参加することは今朝聞いたばかりだけど。

「その撮影にはもともとお邪魔するつもりだったから、ついでみたいなものだよ。むしろ堅苦しい書類仕事から逃げられてラッキーって感じ。ひたすらパソコンとにらめっこするよりも、可愛《かわい》い女の子の着付けをしてる方が楽しいもの」

「ファッション雑誌の編集者ってそんなことまでするんですか？」

「さすがに今回が特殊なだけだよ。私は社長から星蘭ちゃんが日本でモデル活動をするときのマネージャーの役割も任せられているの。私も元モデルだから、そのあたりのサポートもやりやすいだろうって。モデルのコンディションの維持もマネージャーの務めだから星蘭ちゃんのお願いにはできるだけ応えるようにしてるんだ」

遊佐さんの説明に、そうだったのかと軽く目を見開く。

星蘭のマネージャーを務めているというのも初耳だが、遊佐さんが元モデルってのも驚きだ。でもそう言われると――。

「たしかに遊佐さんって、おしゃれだし美人ですもんね」

「お、野生の男子高校生に褒められちゃったぞ。私もまだまだ捨てたもんじゃないかな」

くねっと腰を捻《ひね》らせてポージングを取る遊佐さん。

体幹のしっかりした身体の構図は、確かに雑誌の表紙を飾っていてもおかしくない華やかさがあった。今でも十分にモデルとして通用しそうな気がするけど、どうして辞めてしまったんだろうか。

「ところで、少年はあの件は考えてくれたかな?」

「あの件?」

「ほら、うちの編集部でバイトしてみないかって話」

補足された説明に「ああ」と俺は思い出す。

たしかに夏休みの星蘭の撮影にお邪魔した際、遊佐さんからバイトの誘いをもらっていた。今更ながらにそれを思い出し、返事をしていなかったことに申し訳なさが立つ。

「すみません。返事を保留しといてアレですけど、断らせてもらっても……」

「まあ、ここまで連絡くれなかったってことはそうだよねー。気にしなくていいよ。もともとけっこう強引な勧誘だったもの。ちなみにだけど理由を聞いてもいい？　やっぱり女性向けのファッション雑誌は興味なかった？」

「えっと、まあ、それもありますけど……やりたいことがあるんで」

やりたいこと、もしくは、成し遂げたいことか。

正直に俺が答えると、遊佐さんはどこか探るような目を向けてきた。

「……なんですか？」

「いや別に。頑張る理由があるってのは幸せなことだなーって思っただけ」

「えっと？」

「うん、ゴールがどこかは知らないし無責任な言葉かもしれないけど、お姉さんは応援しているぞ。頑張る男の子はいつだって格好いいからね」

「それはその……ありがとう、ございます？」

自分でも正しい回答がわからず、疑問形でお礼を言ってしまった。

遊佐さんは言いたいことを言って満足したのか、くるっと振り返って星蘭たちの浴衣を見立てにいってしまう。うーむ、いったいどういう意味での応援だったのだろうか。遊佐さんといい、先生といい、大人のお姉さんは含みのある言葉が大好きで困ってしまう。

「浴衣は選んだね？　ならさっそく着付けを始めちゃうから順番に隣の部屋にきて」

隣の部屋というのは、襖《ふすま》の奥にある俺と悠馬が寝ている部屋だ。

いくら仕切りがあるとはいえ、男がいる空間では乃羽たちも着替え辛《づら》いだろう。そう思って俺は部屋を出る。やっぱり女の子は可愛い服を着ることが好きなのか、星蘭、乃羽、悠馬の三人は手に持った華やかな浴衣を見つめて嬉《うれ》しそうにしていた。

俺もこっそりと星蘭たちの浴衣姿を楽しみにしながら、部屋の扉を閉め――。

………………。

ちょっと待て、今なんかひとり可笑《おか》しいのいなかったか？

＊＊＊

赤焼けに染まった空には千切れた雲が黒々と影を落としている。

山道を歩き、俺はひと足先に祭りの会場に向かっていた。着付けに時間がかかるから先に行ってて欲しいと星蘭たちに言われたからだ。

別に急ぐ用事もないし待っていても良かったのだが、遊佐さんに「女の子はシチュエーションを大事にする生き物なんだぞ」と言われて旅館を追い出されてしまった。要するに浴衣のお披露目は祭りの会場でしたいってことだろう。

「っと」

考え事をしていたからか、足元の小石に下駄《げた》を乗り上げて転びそうになってしまった。浴衣ほどしっかりはしていないが、俺も夏の和装に着替えている。言ってしまえば甚平だ。季節はもうとっくに秋に染まっているが、山の気候は涼しいので風を感じるこの格好が気持ちいい。

この甚平も遊佐さんが用意してくれたもの。

部屋でそれを受け取ったとき、遊佐さんは「あれ、男の子はふたりって聞いてたんだけどー」ともう一着の甚平を持て余していた。……その、あれです。あなたの隣で楽しそうに浴衣を選んでいるそいつ、実は男です。

説明するのも面倒だったから放置してきたけど、結局どうなったんだろうか。

「お」

祭りの会場である公園が見えてきて、思わず声が漏れる。

夕焼けとは違う色の光。提灯《ちょうちん》のついた通りは、まるで訪れた人たちを非日常の世界へと誘《いざな》う宵の行路のようにも見えた。左右にずらりと並ぶ屋台はまさに祭りの光景。昼間にもここでダンスの練習をしていたけど、そのときとは全く違う世界が広がっている。

佐々譜《ささうたし》市紅葉祭り。

土日と連続で開催される祭りの、今日は一日目。

揺らめく提灯の光の中では訪れた人たちの弾《はじ》けるような笑顔の声があって、俺は釣られるように頬を緩ませてしまった。

俺もパフォーマーの端くれだからか、誰かの笑顔ってのはそれだけで嬉しくなってしまう。温かい祭りの光景はその笑顔の色のおかげでいつまでも見ていられた。

そのせいか、気づけばだいぶ時間が過ぎていたらしい。

後ろから「待たせたね、ルーくん」という声が聞こえて振り返る。

「…………お」

そして、時間が止まった。

意識が塗り潰されたかのように思考が飛び、うまく言葉が出てこない。

半開きの口から漏れ出たのは意味のない音の欠片《かけら》。

だって、綺麗《きれい》だったから。

息を呑《の》むほどに。

今までの記憶の全てが上書きされるかのように。

俺の心の全部は、目の前の光景を瞼《まぶた》に焼き付けることに持っていかれていた。

「どうだいルーくん、髪型なんかも整えてもらったのだが」

「ふんっ、あんまりジロジロ見られるのは好きじゃないけど今だけは許してあげるわ」

ふたりの女の子が、夕焼けに頬を赤らめながらこちらを見ていた。

星蘭の浴衣は薔薇《ばら》のように色鮮やかな緋色《ひいろ》。赤焼けの空の下でも決して間違えない情熱的な色彩が、柔らかく巻かれた黄色い帯によって華やかに映えている。

ハーフアップに編まれたロングヘアは鈴のついた簪《かんざし》で留められていて、星蘭が軽く首を傾《かし》げるたびに、しゃなりと軽やかな鈴音が鳴った。

乃羽は涼しげな藍色の浴衣。飾り模様の花々はアサガオだろうか？　活発なイメージの乃羽とは逆の落ち着いた雰囲気で、そのギャップというか、普段とは違う静謐《せいひつ》な魅力をその立ち姿から感じ取れる。

でも、軽く頬を染めながら照れたように笑う仕草は俺の知っているいつもの乃羽で、こんな綺麗な女の子がずっと傍《そば》にいたのかと、自分の認識の甘さに唇を噛《か》んだ。

「………綺麗だ」

こぼれてしまった声に、手遅れと知りながら口を押さえる。

その仕草も含めて星蘭と乃羽は満足したようにふわりと笑った。こんなときに限ってよく浮かべるウザい笑顔でも、強がるような勝ち気な笑みでもなく、優しくて、繊細な、祭りを照らす提灯の光に溶けてしまいそうな儚《はかな》げな笑みだった。

「ふふっ、ありがとうルーくん、嬉しいよ」

「まあ、捻くれ者の流斗《ると》にしては頑張った感想じゃない？」

捻くれ者はどっちだよ、という言葉を寸前で呑《の》み込む。

たぶん今は何を言っても蛇足にしかならない。変に言葉を付け加えてこれ以上の感想を求められたとしても、どきどきと胸が騒いだ今の精神状況ではまともな言葉が出てこないだろう。っていうか、シンプルに恥ずかしい。

「では行こうかルーくん。一緒に祭りを歩くのなんて小学生以来かな？」

「早く来なさい流斗。置いていくわよ」

提灯の列が並ぶ道に、浴衣姿の女の子たちが歩いていく。

見ている世界の全てが幻想的なまでに美しくて、いっそここが夢か幻の中なんじゃないかと疑ってしまうほどだ。そんな途方もない妄想に呆《あき》れた笑みを浮かべてから、星蘭《せいら》たちを追いかけようとして――。

「ごめん、流斗。下駄に慣れてなくて遅れちゃった」

そういえばもうひとり、浴衣に着替えた誰かさんがいたことを思い出す。

振り返ると、そこには黄色い浴衣を着た悠馬《ゆうま》の姿があった。顔のいい友人は穏やかな笑みを浮かべながら俺の感想を待っている。女装についてのツッコミは置いておき、その姿が似合っていることは間違いなく、それでいて親しみやすさというか、星蘭たちのような息の詰まるような圧倒感がない。つまり――。

「あぁ……お前の浴衣姿がいっちばん安心するわ」

素直な感想を伝えた瞬間――両肩を後ろからガシッと掴《つか》まれる。

振り返ると、星蘭と乃羽《のわ》がニコニコと笑っていた。でもその瞳だけはこれっぽっちも笑っていなくて……俺は恐る恐る、雄弁なその視線を翻訳してみる。

『おい、私たちを差し置いて――』

『――悠馬が一番ってどういうことよ？』

肩にかかった手にギリギリと万力のような力が込もる。痛っ、痛たたた、痛っ！

疑うべくもない女の子たちの怒気を浴びて、俺ができることは乾いた笑みを浮かべることだけだった。どうしようもなく手遅れだと知りながら、達観したように心の中で呟《つぶや》く。

……ああうん、どうやら俺、選択肢を間違えたっぽいな。


祭囃子《まつりばやし》の音が聞こえてくる。

立ち並ぶ屋台からは香ばしい匂いが溢《あふ》れ、胃袋からきゅうっと物欲しげな鳴き声が上がった。日の落ちた公園では揺らめく提灯の光のみが唯一の光源。

浴衣を着た恋人たちの姿がある。あっちに行こうと手を引き合う兄妹の姿がある。それを後ろから微笑《ほほえ》ましく見守る家族の姿がある。たくさんの笑顔に溢れたその場所は温かい光に満ちていて、ふとすればその輝きに自分の居場所を見失いそうになってしまう。

「ルーくん、あちらに面白そうな屋台があるぞ！　行ってみようではないか！」

そんな俺の内心を察したわけではないだろうけど、星蘭が俺の手を取り、屋台の方へと引っ張っていった。まるで立ち止まっていた俺のことを光の中に導くように。

少しだけ、感慨深い気持ちが胸に溢れる。小さい頃は臆病な女の子だった。泣き虫な女の子だった。周りの声に敏感な子で、だから俺が守ってやらなきゃと思っていた。

でも、アメリカで大きくなった幼馴染《おさななじみ》は、いつの間にか俺を追い越して、光の中へと引っ張ってくれるほどに強くなっていた。それがちょっと不思議で、でも温かかった。

「……？　どうしたのかなルーくん、私の顔に何かついているかい？」

そんなことを考えていたからか、星蘭のことをジッと見つめていたらしい。浴衣姿の幼馴染は不思議そうに首を傾げ、簪についた鈴がしゃらんっと鳴った。

そのきょとんとした顔に苦笑を漏らしてから、俺はハンカチを取り出す。

「チョコレートがべっとりとな。ちょっとじっとしてろ」

たぶんさっき食べていたチョコバナナだろう。

屋台料理を満喫していた星蘭の口元を優しく拭う。ハンカチを畳み、綺麗になったかを確認していると、イタズラのつもりなのか星蘭は「べっ」と舌を出した。りんご飴《あめ》のせいで真っ赤っかに染まっていた。

「May I have a minute?（ちょっとよろしいですか？）」

と、そのときだ。

流暢《りゅうちょう》な英語。かけられた声に振り返ると金髪の外国人男性の姿があった。たしかこの祭りはアメリカ人留学生を招待しているという話。これまでもチラホラとそれっぽい人とすれ違うことはあったが、話しかけられたのは初めてだ。

「Me? No problem.（私ですか？　構いませんよ）」

俺がちょっと英会話に尻込みしている間に、星蘭が凛《りん》とした声で対応する。英語を喋《しゃべ》っているだけだというのに、いつもはだらしない幼馴染がとても大人っぽく見えた。

「Thank you. Now, I'll be brief so as not to interrupt your wonderful date.（ありがとう。では、素敵なデートの時間を邪魔しないよう手短に）」

「Don't worry, we live together, but he is not my boyfriend. He is a pathetic Japanese boy who never touches me at all, even though he lives with such a cute childhood friend.（残念ながらこちらの彼は私のボーイフレンドではありません。こんなに可愛《かわい》い幼馴染と同居しているというのに、まったく手を出してこない情けない日本男児です）」

「おいこら星蘭、俺だってちょっとは英語がわかるんだぞ」

とは言いつつも、本場の英語だと断片的な単語を拾うのがやっとだ。

仕方なくこの場を任せていると、星蘭はふと会話を切ってこちらに尋ねてくる。

「ルーくん。日本のお祭りでおすすめの食べ物を聞かれたのだが何がいいと思う？　ピザか？　ハンバーガーか？　フライドポテトか？」

「なんでアメリカのデッキで戦おうとしてるんだよ」

しゃなりと鈴音を鳴らしながら首を傾げた星蘭に呆れたツッコミを返す。とりあえず拙い英語で日本っぽい屋台料理をいくつか紹介してみると……そのアメリカ人はちょっと驚いたような表情で俺のことを見てきた。

……なんだ？　もしかしてどこかで会ったことある？

こつこつと記憶を叩いてみるけど、アメリカ人の知り合いなんて星蘭の家族以外に心当たりはない。でも相手の表情には、俺の何かを知っているかのような確かな雰囲気があった。その事実と記憶との齟齬につい渋い表情を作ってしまう。

そんな俺の動揺は置き去りに、金髪の彼は俺の顔を見ながらペラペラと何かを口にした。語尾からして質問だと思うが、困惑していた俺はうまくその意味を理解できない。そんな俺に代わって、隣にいた星蘭が彼の言葉を翻訳してくれた。

「ルーくん。『もしかしてあなたはダンサーの「ＲｕＴｏ」ですか？』と聞いているよ」

「え、ああ、確かに俺は流斗だけど……」

思わず日本語で答えてしまい、それだと伝わらないと気づいて首を縦に振る。

すると彼は「Oh!」とアメリカ人っぽいオーバーなリアクションで驚きながら、早口で何かを捲し立てた。自力での翻訳は諦めて、頼るような瞳で幼馴染に助けを求めると、ふんふんと頷く星蘭が彼の言っていることを要約してくれた。

「どうやら彼は生粋のヒップホップダンスのファンらしい。日本の大会もチェックしていて、そこでルーくんのことを知ったのだとか。ツイスト？　バタフライ？　技の名前はよくわからないが、とにかくルーくんのダンスを褒めてくれているぞ！」

俺が褒められるのが嬉しいのか、星蘭が弾んだ声で教えてくれる。

直接的ではないにしろ、俺のダンスで星蘭が喜んでくれたのがちょっとだけ誇らしくて、その理由を作ってくれた彼に「サンキュー」とお礼を返した。

差し出された手に応えると、日本人とは違う太い骨格に不思議な力強さを覚える。

海を超えた先、言葉の通じない相手にも俺のダンスが届いた。

それが何か、とても大きなことのような気がして、自然と笑みが浮かんでしまう。アメリカ人の彼も笑顔のまま、続けて俺に何かを尋ねてきた。

「星蘭、今のはなんて？」

「……」

「星蘭？」

「……えっと」

翻訳を頼むと、さっきまで笑顔だった星蘭がいつの間にか曖昧な表情を浮かべていた。

疑問に思いながらも先を促すと、幼馴染は少しだけ躊躇するような声で言う。

「もうダンスは辞めてしまったんですか？って」

ズキリ。

頭の中に痛みの亀裂が走る。

その軋みを誤魔化すためにも、質問の意図を冷静に考えた。彼はヒップホップダンスのファン。日本の大会もチェックしているということは、半年前のあの日から俺がダンスの大会に出ていないことも知っているのだろう。

だから、ダンスを辞めてしまったのかと思った。ただそれだけのこと。何もおかしいことはない。確かに俺はダンスを辞めていたけれど今は違う。もうダンスは取り戻した。つまり、そう、この質問に心を騒がせる必要なんてどこにもないはずだ。

「星蘭、翻訳してくれ」

「……わかった」

俺は細かいことは伏せて、ちょっと休んでいたけれど今もダンスは続けていると、星蘭を経由して伝えた。すると彼は嬉しそうに笑って、こう返した。

「Next time I want to see your dance in New York!（次はニューヨークであなたのダンスを見たいです！）」

翻訳してもらうまでもない。
彼は純粋な声で、俺の叶えられなかった夢を願ってくれた。
ズキズキズキズキ。
頭の中に何本もの亀裂が走る。
何かを突きつけられたような気がした。
目を逸らしていたことに気づかされたようだった。
優勝してアメリカに行くと息巻いていたあの日の記憶が昨日のことのように蘇る。
夢を手放した日。
大切な約束を諦めた日。
大好きだったダンスが、その一瞬で、恐ろしい何かへと変わった日。
ぞわり、と。
俺の心にへばり付いていた暗がりが、何かを察したかのように動き出す。
思い出してしまった記憶に、心臓がぎゅぅと悲鳴をあげた。
まるで出口のない夜を彷徨うかのように息苦しくなり、胸に手を伸ばそうとして——。
「ルーくん」
その手が、星蘭の手と繋がった。

絡んだ指先の温かさで暗くなりかけていた意識が現実に浮上する。いつの間にか、話しかけてくれたアメリカ人の彼の姿はなくなっていた。

「逸《はぐ》れないように、手を繋いでいよう」

「……いや、そんな逸れるほど人が多いわけじゃ」

「繋いでいよう。ルーくんと離れ離れになったりしたら嫌だからね」

「……そうだな、そうするか」

重ねられた手に、ぎゅっと力をこめる。

俺の隣でふわりと笑ってくれる女の子はどこまでも綺麗で。

でもその優しさに、心のどこかがキシリと痛みを訴えた気がした。

……また、その優しさに甘えるつもりか？

頭のどこかから聞こえた声に、気づかないフリをする。

俺たちは何かを忘れるかのようにいくつもの屋台を巡った。たこ焼き、焼きそば、イカ焼き、買い過ぎだとは思うけどそのことには気づかないフリをして祭りを楽しんだ。そうして俺たちは逸れないよう手を繋いだまま喧騒の中を移動した。

「あ、いた。星蘭、流斗、こっちよ！」

人混みの中で俺たちを呼ぶ声が聞こえる。

大きく手を挙げた乃羽《のわ》のポニーテールがその勢いで激しく揺れていた。秋夜に舞い踊る黒髪は淑やかでありながら躍動的で、落ち着いた浴衣を選んだ今の乃羽を象徴しているみたいだと、そんな曖昧なことを思った。

「待たせたね。ほら、美味しいものをたくさん買ってきたよ」

「ありがと……って、ガッツリしたものばっかりね。嫌いじゃないけど甘いものとかは？」

「私からすれば日本の屋台はまだまだ大人し過ぎる。祭りのときこそ普段の摂生を捨て、思うがままに脂を取り入れるべきなのさ。フライドチキンにバーベキューミート、オニオンリングにフライドピクルス、甘いものならばシュガードーナツだね」

「胃もたれって概念知ってる？」

「ドリンクにレモネードを頼むから大丈夫だよ」

その理屈はわからないし、普段から星蘭が食事を摂生しているとは思わない。

まあ食事面を我慢しない分、スタイル維持のために筋トレやランニングを頑張っているのは知っているので、苦言を呈するのはやめておこう。

俺たちが合流したのは野外ステージを見るために用意されたテーブル席。プラスチック製のテーブルや椅子は少し頼りないが、それもまた祭りっぽくて味がある。遅れて合流してきた悠馬《ゆうま》がかき氷やわたあめなど甘いものを買ってきてくれたので味のバリエーションは豊富だ。とはいえ――。

「おや、ルーくんも乃羽もあまり食べていないようだが……」

「明日はステージがあるからな。あまり脂っぽいものを食うわけにはいかねぇ」

「そういうこと。星蘭たちは気にしないで食べてていいからね」

祭りの雰囲気を崩すのは気が引けるが俺と乃羽の中には『先生』の教えが生きている。大会前日などは消化の悪い脂っこい食事は控えるのが鉄則だ。別に屋台料理が嫌いなわけではないので、それらは明日のステージが終わってから堪能することにしよう。

「ふむ、では私が頑張らないといけないわけか。任せたまえ」

悠馬はそこまで食が太いわけではないので、テーブルの料理についてはほとんど星蘭が担当することになるだろう。特に困った様子もなく嬉々として食べているが、明日は撮影だというのに大丈夫なんだろうか。ほら、お腹が出ちゃったりとか。

「そのときはルーくんの子供を身籠ったと言い訳しておくから問題ないよ」

「問題しかねぇ」

そして何気なく俺の心を読むのやめてください。

辟易とした目で睨んでみるが、星蘭はたこ焼きを摘み上げたまま楽しそうな微笑みを返してくるだけで――。

……その笑顔に、ふと昔の思い出が蘇る。

小学生の頃。近所の公園でやっていた小さな縁日。

お小遣いを出し合って買った七個入りのたこ焼き。最後の一個をどっちが食べるかって言い合って、そんな子供の喧嘩を付き添いで来てくれたオリヴィアさんに呆れた顔で仲裁される。そんなどうしようもない、でも輝いていた記憶を思い出す。

追憶が重なる。

思い出が、昔と今を、行ったり来たりと繰り返す。

美味しそうにたこ焼きを食べる星蘭。身体は大きくなったけど、俺へと微笑んでくれる温かさは昔と変わらないままで……。

だから、取り戻せてよかったと心から思う。

星蘭との関係も、一緒に過ごせる時間も、絶対に手放したくない大切なもので――。

――本当に、取り戻せたのか？

「…………っ！」

ズキズキズキズキ。

また、頭の中に亀裂が走った。
気づかないフリをしていればよかったのに。
忘れたままでよかったのに。
そう思う心とは別に、俺の中の誰かが冷たい現実を囁いてくる。
なんで満足しているんだ？
今のこの光景を自分のおかげだと思っているのか？
幸せに思えるこの時間は、星蘭の優しさに甘えているだけに過ぎないだろ。
ズキズキズキズキ。
頭の奥底から響いてくる声に、心がバラバラになるかのような痛みが走る。
よせ、やめろ。今のこの楽しい時間を壊したくない。
理性の部分が懇願するようにそう叫ぶが、響いてくる声は止まらない。
まるで俺が隠していた弱音を代弁しているかのようだった。
意識の中に目を向けると、それは人の形をしていた。
あの日の俺。
ダンスを辞めてしまった日の俺。
夢を諦めて、翳った瞳をしたそいつは、ニヤリと笑ってこう言った。
——だってお前は。

――まだ何も。

――約束を果たせていないじゃないか。

パッパパー、っと。

秋の夜空にブラスバンドの演奏が鳴り響く。

「…………っ」

祭り一日目のステージ。

その始まりを知らせるトランペットの音に、俺の意識は我に返る。

オープニングを務めるのは地元の高校の演奏楽団。奏でている曲は俺でも聞き覚えのある、日本の有名なゲームのテーマソングだ。

近くで聞くブラスバンドの演奏は厚く重くて、ビリビリと肌が震える感覚がある。

その衝撃で、どこか遠くを向いていた意識が現実へと戻ってきた。

そうだ。明日は俺たちがあそこでダンスを踊る。

今日このステージを見に来たのだって、明日のステージに備えて会場の雰囲気を味わっておきたいと思ったからだ。

周りを見る。

始まったブラスバンドの演奏を楽しんでいるお客さんたちの顔がある。手を振り上げて喜ぶ子供たちがいる。足を止めてステージへと視線をやるカップルの姿がある。瞼を閉じて音に浸る老年夫婦の吐息が聞こえる。異国の地で聞く楽団の演奏に胸を躍らせるアメリカ人たちの姿がある。

隣でも、星蘭が楽しそうに笑っていた。

俺が見たかった笑顔。いつかの約束の先で、俺のダンスで作りたかった笑顔。

それを見た瞬間に、俺の中でまた声が響いた。

『俺がすっごいダンサーになってアメリカのダンスの大会に出る！　それで絶対に星蘭に会いに行くからっ！』

輝くものを信じていた、幼い日の自分の声。

絶対に叶えると誓った約束だったはずだ。

自分のダンスで、あのとき泣いていた星蘭を笑顔にさせたいって思ったはずだ。

あのときの約束はどこにいった？

強く握りしめていた想いをどこへと捨てた？

あの日の約束をひとつも果たしていないのに。

どうして俺は、なああと星蘭との日々を楽しんでいる？
「……」
ぐるぐると回り始めた思考。
頭のどこかでやめろという声が聞こえたけど、それでも俺は思い出してしまう。
決定的な瞬間を。
俺が大切な約束を捨ててしまった直接的な出来事を。
ダンスを辞めてしまった、あの日のことを。

ステージで転がった俺たちを見下ろす視線。
失望の声。落胆のため息。そして、ネットから投げられた悪意ある声々。
「……ぁ」
視界がぐにゃりと歪んだ気がした。
ブラスバンドの演奏で盛り上がる会場。その熱に置いていかれる感覚があった。
よせ、と頭の中で叫ぶ。
今度は大丈夫だ。きちんと練習した。動きだって何度も確認した。
別に今回は大会でもないんだ。何かミスをしたところで、あのときみたいな大きな悪意が襲いかかってくることなんてない。そのはずだ。

だから、大丈夫。

俺は踊れる。

今のこのステージみたいに、たくさんの笑顔を作り出すことができるはず。

そうやって、あのときの約束とは別の形でも、星蘭を笑顔にすることができるはずだ。


……………………………………本当に？


「流斗《ると》」

呼ばれた声に、ハッと顔を上げる。

ほとんどの人がステージへと視線を向ける中で。

乃羽《のわ》だけが。

藍色の浴衣を着た女の子だけが、俺のことを見ていた。

「ちょっと飲み物買ってくるから付き合いなさい」

「あ、ああ……」

席を立った乃羽がステージとは反対方向、屋台の並ぶ通りへと歩いていく。

履き慣れていない下駄《げた》での歩みはゆっくりだ。ズキズキと痛む頭には気づかないフリをして、俺は揺れるポニーテールを追いかけた。


夜闇を照らす提灯《ちょうちん》の灯《あか》りは温かくて、でもそれが少しだけ寂しいとも思った。

こんなにも明るくては、夜空に広がる星の輝きが誰の心にも届かない。

とある屋台の前。氷水にぷかぷかと浮かぶラムネ瓶を見つめながら、そんなくだらない妄想を浮かべる。水面に倒れた瓶の中では青いビー玉が炭酸水の中に閉じこめられていた。

その息苦しさを自分と重ねてしまうのは、俺の気持ちが下を向いてしまっているからか。

そんな弱音を振り払うように、氷水の中へと手を突っ込む。

屋台のお姉さんにお金を渡し、ラムネ瓶を二本購入。一本を乃羽へと渡そうとしたところで、藍色の浴衣が随分遠くへと離れていることに気づいた。

「……乃羽？」

乃羽が進んでいる先はステージとは逆方向。

屋台の並ぶ通りすらも過ぎ、祭りの会場からも離れようとしている。

……いったいどこに行くつもりなんだ？

考えたところで答えは出ず、かといって放っておくわけにもいかない。

俺は慣れない下駄で走って、乃羽の背中を追いかける。

「おい乃羽、どこ行くんだ？」

「……」

問いかけても返事はない。祭りの喧騒《けんそう》からはどんどん離れ、提灯の数も減り、あたりを照らす光も心細くなってきた。

ふと思い出したのは小さい頃に読んだ絵本。

大人の言いつけを破って森へと入ってしまった子供の話。

美しい妖精の言葉に惑わされ、森の奥へと進んでしまった男の子は不思議の国へと迷い込んでしまう。実は妖精は不思議の国の女王である魔女の使い魔であり、男の子は二度と家へと帰ることはできなかったとか——そんな感じの物語だったはずだ。

「……」

まさかな、と思う。

でも浴衣姿の乃羽はまるで妖精のように可憐《かれん》で、ふとすればその背中に薄透明の羽が見えてしまいそうなほど華やかだ。嫌な予感。心臓が不穏な旋律を踏み始める。

「うん、このあたりでいいかしら？」

乃羽が足を止めたことで、不気味な自分の心音が一際大きく鳴った気がした。

振り返った乃羽の顔には仄《ほの》かな朱が交じっていて、儚《はかな》げなのに少し色気がある。淡い提灯の光に照らされた微笑に、俺はビクッと肩を震わせてしまった。

「お、俺は騙《だま》されないからな……」

「は？」

「不思議の国なんて俺は行かない。まだこの世界でやり残したことがある」

「流斗、なんか変なものでも食べた？」

呆《あき》れられてしまった。

その素の反応を受けて俺も我に返る。祭りのテンションに当てられていたのか随分と荒唐無稽な妄想を膨らませてしまった。

とはいえ……ならばいったい、どうして乃羽はこんなところに来たのだろうか？

周囲を見渡す。

高台広場とでも言えばいいのか。祭りの本会場からは少し離れた場所。元々は山からの景色を楽しむための広場であり、麓の街を一望できるようにいくつかのベンチが用意されていた。そこからの景色は昼間ならば絶景なのだろうが、夜間の時間帯ではポツポツとした街の光が見えるだけ。それもまあ、綺麗《きれい》といえば綺麗なのだが……。

「どうした？　騒がしいのに疲れたか？」

とりあえず、一番ありそうな可能性を尋ねてみる。

乃羽は別に賑《にぎ》やかなのが得意というわけじゃない。祭りの空気に疲れて静かな場所に休みにきた。充分に考えられる話だ。実際にこのあたりは人の気配がなく、広場を照らす提灯の数も最低限で薄暗い。

「……星蘭にお願いされちゃったからね」

そんな頼りない光の中で、乃羽が何かを呟《つぶや》いた。

夜闇に溶けるような小さな声は、その内容までを聞き取れない。

でも顔を上げた乃羽の瞳には、強い意志の輝きがあった。

星空にも負けない強い輝きが、俺を見ていた。

「ねえ、流斗」

静かな夜風によって運ばれた声には甘えるような音が乗っていた。

キリッとした瞳。でもその口元には愛嬌《あいきょう》のある猫みたいな笑みが浮かんでいて――。

「あたしのダンスを見てよ」

そうして呟かれた願い事に、俺の反応は数瞬遅れた。

「…………は？」

その意味を聞き返す暇もない。

遠くから聞こえるブラスバンドの演奏。その音を摑《つか》まえて乃羽は踊り始めた。

浴衣のせいで動きはぎこちない。下駄を履いたステップは、かっこかっこと木が床を叩《たた》く甲高い音を響かせる。帯で股関節が動かないのだろう。小さな動きを補うように腕を大きく振り上げて、広がる袖に咲くアサガオの柄が提灯の光に映える。

……って。

「お、おい乃羽、何してんだっ！」

自分の口から出た声に、咎《とが》めるような強さがあった。

それもそのはずだ。

浴衣で踊るなんて絶対に危ない。見た目の華やかさとは裏腹に、締められた帯や重量のある布地は間違いなく身体《からだ》の自由を阻害する。

足はきっと思うように動かないし、裾でも踏んでしまえば体勢を立て直すのも難しい。下駄では踏み込む力も弱いだろうし、ステップなんて踏もうものなら鼻緒の食い込みで足指の股を痛めてしまうかもしれない。

「あっ」

案の定――と言ってもいいだろう。

バランスを崩した乃羽は身体を前に倒してしまう。転んでしまう前に俺は駆け出して乃羽を抱き止めた。咄嗟《とっさ》に手放したラムネ瓶が、ぱりんっと割れる音がする。

「……何してんだよ」

俺の胸へと顔を埋《うず》めた乃羽へ、同じことをもう一度言う。

明日はステージの本番だ。どこか痛めたりしたらダンスに支障が出るし、そもそもとして乃羽に怪我《けが》なんてして欲しくない。

それだけじゃない。

せっかく綺麗に着飾った浴衣も、セットした髪も、今のダンスで乱れていた。

どうしてこんなことを……。

非難めいた想いで、抱きしめた腕にぎゅっと力を込める。

すると乃羽は、小さく肩を震わせながら、ぽつぽつと言った。

「それでいいのよ」

「……乃羽？」

「あたしが倒れそうになったら、流斗が支えなさい」

「……」

「その代わり、流斗が倒れそうになったときはあたしが支えるから」

震えているのに、力強い、そんな矛盾した想《おも》いが乃羽の声には乗っていた。

身体に触れ、互いの温度を感じながら、その心の熱をゼロ距離で受け取る。

「勝手にひとりで背負い込まないでよ。苦しいことがあったらあたしにも分けてよ。辛《つら》いことがあったら助けてって言ってよ。思ってることをちゃんと言葉にしてよ。気を遣うのなんてやめてよ。ひとりっきりで抱え込まないで、あたしにも一緒に戦わせてよ」

俺の胸へと押し付けた顔は、迷子の子供のように心細い表情を浮かべていた。

「あたしを見てよ」

その声に……ああ、そうか、と。

腑《ふ》に落ちるような想いがあった。

本当に乃羽は俺のことを知っている。

ただ心配してくれるだけだったら、きっと俺は耳を塞いでいたはずだ。

それは同情でも励ましでも一緒。自分の問題だと割り切って、ふざけた愛想笑いでこの場を誤魔化していたはずだ。

でも、乃羽がぶつけてきたのは弱音だった。

聞き漏らすことなんてできない。

何かに縋《すが》るようなその声を、聞かなかったことになんかできない。

それが乃羽の思い通りだったとしても、その心に手を伸ばさずにはいられない。

いつもは強がりで、弱いところを見せようとしない乃羽が、どうしてこんなことを言ったのか。

その意味がわからないほど鈍感ではいられない。

その目的は、きっと単純だ。

怖がりな俺の心に寄り添うために、乃羽は自分の弱いところを見せてくれたんだ。

「……乃羽」

ドクドクと、心臓の音が鳴る。

決して小さくない祭りの喧騒が、遥《はる》か遠くの出来事のように思える。

乃羽には全部バレていた。

隠していた痛みも、その痛みを、俺がひとりで抱え込もうとしていたことも。

「あたしたち、相棒でしょ？」

ダンスを踊るのが怖い。失敗するのが怖い。また失望されるのが怖い。

そんな情けない心の傷を、隠そうとしていた。

だって、乃羽を巻き込めない。

この弱い心は俺自身の問題で、俺が乗り越えなきゃいけないこと。だから隠して、平気を装って、相棒に心配なんかかけさせないで、自分の中だけで抱えなきゃいけない。

その選択の愚かさを、今、知った。

そっちの方が乃羽《のわ》のことを傷つけてしまうのだと、この声が教えてくれた。

「あたしをもう、ひとりぼっちにしないでよ……」

潤んだ瞳に見上げられる。

見覚えのある瞳、それは乃羽と初めて会ったときと同じ瞳だった。

バレエを辞めたばかりで、誰かを信用することが怖くて。

そうやって、ひとりぼっちで震えていた乃羽と、同じ瞳――。

だから俺は、一緒に踊ろうって誘ったんだ。

支えたいと思ったから。

ダンスを通じて、乃羽の心に触れたいと思ったから。

「……」

いつの間にか、乃羽のことを抱きしめていた。

俺の胸に顔を埋めていた女の子に、寄りかかるように心を預けていた。

どちらかが力を抜けば、揃《そろ》って倒れてしまいそうなアンバランスな姿勢。

でも、その寄りかかり方が今だけは心地よかった。

「ねえ、流斗《ると》」

「なんだ？」

「弱いあたしは嫌い？」

「強がって、弱いところを隠そうとするお前はあんまり好きじゃない」

「それ、あたしも一緒」

俺たちがパートナーになれたのは、きっと似た者同士だったから。

相手のことを不器用だと思って、そんな不器用な部分が許せなくて。

その不器用な生き方を支え合うために、俺たちは手を取り合った。

最初はその距離感がわからなくて、何度もぶつかり合った俺たちだけど。

今ではこんなにも近くで、互いの熱を感じ取れる距離までできた。

こんなに近くてはきっと心なんて隠せないだろうなと、達観したような笑いが漏れる。

「乃羽」

「なに？」

「ちょっとだけ、弱音を吐いてもいいか？」

「いいよ」

ぎゅっと抱きしめた腕に力を込める。

心にへばりついた暗がりを、乃羽とならと分け合ってもいいと思った。

これはきっと、一緒にダンスを踊る乃羽にしか預けられないもの。

身勝手な押し付けかもしれない。

でも——震えた手は隠さないでいいよって、教えてもらったから。

だから俺は。

たったひとりの相棒と。

俺の心に手を伸ばしてくれた女の子と、目を合わせながらそれを言う。

「俺、まだ踊るのが怖いみてぇだ」

「うん」

「ステージに立つのが怖い。俺のダンスでまた誰かをガッカリさせるんじゃないかって
……そう思うと足が竦《すく》む。手が震える。頭が嫌なことばかり考える」

「うん」

乃羽は俺の手を握ってくれた。

柔らかくて、繊細で——でも俺と同じように小さく震えた手で。

「それも、あたしと一緒」

そう、乃羽だって、俺と同じ失敗を経験したはずなんだ。

あの日から俺たちは一度だって、本当の意味で一緒に踊れていないんだ。

不安に思わないはずがない。怖くないはずがない。

今になってようやく、抱きしめたままの乃羽から震えるような心音を感じる。

どれだけ強がっていても、本当は怖くて震えていた女の子の心に触れる。

その震えを止めるための魔法のような言葉は見つからない。

ヒロインを瞬く間に助ける、そんな格好いい主人公の言葉なんて見つからない。

だから、分け合おう。

臆病で怖がりな気持ちを分け合って、そうやって一緒に前を向こう。

ひとりでは飛び出せない大空だったら、ふたりで手を取り合って羽ばたこう。

それくらいのことしかできないけど、それくらいのことだったら俺にもできるから。

「乃羽」

「なに？」

「一緒に踊ろう。明日も、それから先もずっと」

「なによそれ。告白？」

乃羽はくすっと笑ってから、寄り添うような声で答えてくれた。

「当たり前じゃない。あたしの隣から簡単に離れられると思わないでね」

頭の中の痛みは、いつの間にか消えていた。

怖いと思う気持ちは残っている。失敗の記憶はすぐには忘れられない。

それでも、だ。

乃羽と一緒に踊りたい。

いつだって真《ま》っ直《す》ぐに俺のことを見てくれる、俺だけの相棒と踊りたい。

そんな気持ちが、心の中から溢《あふ》れていたから。


どぱぁん、と夜空に花火が咲いた。

暗闇を照らす七色の光が、俺たちを祝福するかのように降り注ぐ。


「……」

弾《はじ》けるような音を肌に感じながら、俺たちは黙って夜空を見上げた。

見惚《みと》れていたとは、ちょっと違う気がする。

その花火の輝きに重ねていた。暗闇の中でも光を放つ存在になりたい、憧れのような、目標のような、夢と呼ぶには曖昧かもしれない、そんないつかへの願いを。

「流斗」

名前を呼ばれる。

胸の中で俺を見上げた相棒は、いつも通りの強気な笑みを浮かべていた。

「どう、元気は出た？」

「元気はわかんねぇけど勇気はもらったよ。明日のステージを踊れるくらいはな」

「そう、よかったわ。本当に世話の焼ける相棒なんだから」

ふんっ、と鼻を鳴らした乃羽は俺から離れた。

今更ながらに頬が赤い。

闇の中に恥じらいを隠すよう、乃羽は高台広場の端へと小走りで駆ける。しとしとと光が落ちた。遠くにある街の光と、夜空を彩る花火の輝きが、そこにいる女の子を輝かせるためだけに降り注いでいるかのようだった。

「ねえ、流斗」

そんな光の中で、乃羽は言う。

この輝きの中だったら、少しだけ本音を言ってもいいと思ったのか。

この眩《まぶ》しさの中だったら、こぼれてしまった弱音も拾われないと思ったのか。

振り返った浴衣の女の子は――。
困ったように笑いながら――。
でも確かに、俺へとそれを言ったんだ。

「もしあたしが泣きそうになったらさ、今度は流斗が助けに来てね」

花火が咲いて、そして散る。
強がりの女の子が漏らした声が、七色の光と共に秋空の中へと溶けていく。
弾けるような音の中では、聞き漏らしてしまいそうなほどに小さな声。
乃羽も届かなかったと思っているのか、すぐに夜空を見上げて花火の光に目を眇《すが》めた。
熾烈《しれつ》な輝きに溢れた祭りの夜では、喧騒《けんそう》の中に溶けてしまいそうな細やかな願い事。
だけど。
「ああ、わかった」
花火の音に紛れながら、自分へと言い聞かせるかのように呟《つぶや》いた。
なかったことになんかしない。
俺だけは忘れない。
強がりな相棒が漏らした、たったひとつの願い事を。

俺は、絶対に忘れない。

第五章　あの星空へと羽ばたくために

memory of black feather V

My cute and annoying childhood friend from America is making me dance again today.

流斗がダンスを辞めてからも、あたしはダンスを踊り続けた。

ステージの失敗は怖かったし辛《つら》かったし、流斗がダンスを辞めるんなら、あたしも辞めちゃおうかなって思ったことが何度もある。

でも、そういう弱音が浮かび上がったときに、いつも流斗の楽しそうな顔を思い出す。

踊ることが大好きな男の子。

あたしをダンスの世界に繋《つな》ぎ止めてくれた男の子。

楽しそうにダンスを踊っている流斗の姿が、何度も何度も頭の中に流れてくる。

そうだ。

あのダンスが大好きな男の子が、これっぽっちのことで踊れなくなるわけがない。

だからあたしは、あのときと逆のことをしよう。

この気持ちが流斗のためなのか、それとも自分のためなのかもわからない。

でも、あの楽しそうにダンスを踊る男の子の隣で、あたしもまた踊りたいと思った。

だって、流斗《ると》のダンスはいつだって輝いていた。

楽しそうに踊る流斗のダンスは、夜空に輝く星みたいだった。

道に迷ったあたしを照らしてくれた、温かい光だった。

がむしゃらで、熱くて、不器用で、泥臭くて、そんな無鉄砲な流斗のダンスは。

綺麗《きれい》で、格好良くて、思わず目を奪われちゃうくらいに輝いていて。

あたしの心の手を取って、正しい方向へと引っ張ってくれるような。

そんな力強い光に溢れていた。

あの星を、もう一度見たいって思った。

だから。

流斗の世界からダンスがなくならないように、今度はあたしが誘い続けよう。

彼が立ち上がれるようになるまで、あたしはずっと流斗の傍《そば》でダンスを踊り続けよう。

あたしがダンスを踊り続ける限り、流斗の世界にダンスはなくならない。

いつか流斗が踊り出すためのきっかけに、あたしがなろう。

そのためだったら、あたしは踊れる。

恩返しなんて言葉で括《くく》っていいのかわからないけど、流斗があたしをダンスの世界に繋ぎ止めてくれたように、今度はあたしが流斗をダンスの世界に連れ戻そう。

そのきっかけになるために、あたしは踊るんだ。

「……………………………………………………」

でも、ふとした瞬間にそれを思う。
キュッキュッとスキール音が虚《むな》しく響いた。
隣を見ても誰もいなくて、ひとりぼっちのダンスホールはとても広く感じる。
曲の途中だというのに、あたしは立ち止まった。
目の前には振り付けを確認するための大きな鏡があって。
そこには、今にも泣き出しそうな顔をした女の子がぽつんと立っている。
壊れてしまいそうな胸の中から、ぽろぽろと、何かがこぼれたような気がした。
誰にも届くことのない小さな悲鳴だった。

ねえ、流斗。
寂しいよ。
ひとりぼっちは嫌だよ。
また一緒に。
踊ろうよ。

＊＊＊

大会の日はいつも早くに目が覚める。今回は祭りのステージで踊るというだけで勝ち負けのある大会ではないけど、身体《からだ》が感じている緊張感は似たようなものだった。

部屋で寝ている友人たちを起こさないようにして、外に出る。

冷たい山の空気は吸い込むとちょっとの高揚感を得られた。もはや見慣れた紅葉の景色も今日が最後と思うと寂しくなる。目に焼き付けておこうとまでは思わなかったけど、ただ漠然と山の景色を眺めていたら色づく葉々の多くが濡《ぬ》れていることに気づいた。

「……夜のうちに雨でも降ったのか？」

よく見れば、砂利で敷き詰められた駐車場にはいくつかの水溜《みずた》まりがある。

スマホを取り出して調べると、夜中のうちにけっこう強めの雨が降っていたらしい。祭りの時間と被《かぶ》らなくてよかったと、そんなことを頭に思う。

不意にヒーヨヒーヨと、野鳥の鳴き声が聞こえてきた。

声の主が見つからないかと顔を上げてみるけど、山の景色は広大でここから探すのは現実的ではないなと断念。いったいどんな鳥なのかと想像をしていると——。

「ヒヨドリだね。あまり人を怖がらないからバードウォッチングでも人気のある秋の野鳥だよ。山だけじゃなくて市街地の公園とかでも見かけたりするね」

振り返ると、車のドアを閉める遊佐《ゆさ》さんの姿があった。

こんな朝早くにどこに出かけるのか……いや違う、もう既にどこかに行ったあとか。遠隔式のロックキーで車の鍵をかけた遊佐さんは砂利の上を歩いてこちらに寄ってくる。

「どこに行ってたんですか？」

「今日の撮影現場の下見にね。雨が降ると景色の見せ方もだいぶ変わるから」

「こんな朝早くに？」

「考える時間はたくさんあるに越したことはないからね。あ、コーディネートの話だよ。どうせなら星蘭《せいら》ちゃんたちの一番可愛《かわい》い瞬間を切り取りたいから。別に頑張るってほどのことでもないよ。どんな服が似合うかなーって、あれこれと考える時間も楽しいもの」

にこりと笑った遊佐さんの笑顔は自然で、それがとても魅力的に見えた。

自分の役割を全力でこなして、それを楽しいって思える考え方はとても素敵だ。

「なんか、遊佐さんって格好いいですね」

「お、そうかい？　モデル時代はキレイ系で売ってたんだけど」

「いや、そうじゃなくて」

気取ったように髪を掻《か》き上げた遊佐さんに、俺は言う。

「星蘭たちのために頑張ることを楽しいって言えるのが、すげぇ格好いいなって」

そう伝えると、遊佐さんは真顔で……いや、ジロっとした目で俺を睨《にら》んできた。

居心地がいいとは言えない視線に「何ですか？」と返すと、元モデルのお姉さんは渋い顔を作って言ってくる。

「……少年、それ、狙ってやってるの？」

「狙うって？」

「……そっかぁ。素でこれかぁ。お姉さん、君の将来が心配になってきちゃったぞ」

「……？」

よくわからないことを言われて首を傾《かし》げるが、遊佐さんはそれ以上何かを言ってはこなかった。

違和感は残るが、朝の時間をあんまり奪うのもアレだろう。

「遊佐さん。星蘭と乃羽《のわ》のこと、よろしくお願いします」

「うん、お姉さんに任せたまえ」

とんっと胸を叩《たた》いた遊佐さんは、頼もしい大人の笑顔を浮かべていた。

＊＊＊

星蘭と乃羽を見送ったあと、俺は祭りの会場に来ていた。

リハーサルまではまだ時間があるし、それまでは身体を休めると決めていたのだがどうも心が落ち着かない。軽い散歩のつもりで外に出たら、自然とここ一週間で慣れてしまったルートを通り、気づいたらいつもの公園にまで来てしまったというわけだ。

「八桜《やざくら》先生！　この機材はどちらに運びましょうか！」

「ステージの西側に壁になるように配置しろ。スピーカーの位置的に音が反響して客席に届きやすくなる」

祭りの会場では、黒スーツのお姉さんがバリバリに働いていた。

サウンドブースとでも呼べばいいのか、祭りの音響を担うテントの中では八桜先生のキビキビとした指示が飛んでいる。スタッフさんたちもその指示に迷いなく従っていて、完全に信頼を勝ち取っているのが側《はた》から見てもわかった。だってもう『先生』呼びだもん。

「……何してるんですか、先生？」

見たままに思った疑問をぶつけてみると、そこで初めて先生は俺の存在に気付いたらしい。何かを思い出したかのように顔を上げ、それから小さく頷《うなず》いた。

「ちょうどいい、少し話そう。――全員休憩だ。十五分後に作業を再開する。今のうちにしっかり休んでおけ」

「「「うぃっす!!」」」

ノリが完全に体育会系だった。

何がどうなってこの形が完成したのか。

人心掌握にも近しい先生の手腕に戦慄めいたものを感じていると――。

「気にしないでいい。余計なことは考えず、お前はお前のダンスに集中しろ」

視線か態度か、俺の困惑を見て取った先生に釘《くぎ》を刺すようなことを言われてしまった。

たしかに俺がするべきことはステージに――自分のパフォーマンスに集中すること。気もそぞろに、ふらふらと祭りの会場に来たことを咎《とが》められた気分になる。

そんな心の機微すらも先生にはお見通しのようで、小さく笑われてしまった。

「とはいえ、緊張も過ぎればパフォーマンスの質も下がる。あまり肩肘は張らず、自然体でいてくれていい。少し移動しようか」

八桜先生はちょいちょいと手で招いて、俺をとある場所へと誘導した。

高台広場。

昨日、乃羽と一緒に花火を見た場所だ。

着くやいなや、先生はタブレットをいじってとある音源を流し始める。

俺たちが踊る曲。アニメ『ノンギフテッド・ミュージカル』。

主題歌『My music is My dance』。

ここ一週間で聞き慣れたメロディは、もはや反射で踊り出してしまうほどに俺の身体に馴染《なじ》んでいる。

もしかして、ダンスを見てくれるのだろうか？

たしかに先生の前で踊るというのはそれなりに緊張する。誰かの視線を感じながら踊るというのは、本番を想定した質の良い練習になるかもしれない。

半ば確信に近い予想に、俺はグッと身体を伸ばした。

軽い準備運動。

少しでもいいダンスを先生に見せたい。

そんな意気込みを心に浮かべた、すぐあとのことだった。

――風を切る音が聞こえた。

「…………え？」

八桜先生が踊っていた。

アクロバティックな動きからの、キレのあるステップ。

ハイハットを丁寧に捉《つか》まえた音のハメ方は、見ているだけで気持ちいい。

躍動感の中にも細かい動きを怠らない繊細さがあって、思わず目を奪われる。

……圧倒的だった。

ダンスの美しさもさることながら、俺の心を摑《つか》まえたのはその表情。

私を見ろ、と。

まるで世界の中心で、全ての視線を独り占めするかのように先生は笑っていた。

踊ったのは、たった四小節。

でもその短いダンスの中には、凝縮した努力の積み重ねを感じた。長い時間をかけて定着させてきた基礎。決してブレない体幹は、躍動的な動きを支える絶対の土台。

その突然のダンスに、俺は驚きを隠せなかった。

「よく聞け舞織《まいおり》。この部分、お前は少しダウンの動きを大袈裟《おおげさ》にし過ぎるきらいがある。ソロでのダンスであれば気にならないが、今回はペアダンスだ。パートナーとの動きのズレにはきちんと気付いてやれ。おそらく黒咲《くろさき》は自分からは言い出さないだろう。お前が察して合わせてやるんだ」

「…………え、いや、その、え？」

「そんなに口を開いてどうした？　今日は飴玉《あめだま》でも降ってくるのか？」

快晴の空を見上げながら、先生は笑って良いのかわからない冗談を言う。

思考が追いつかず固まってしまった俺に、先生は「ふむ」と思案げな頷きを挟んだ。そして何を思ったのか、ツカツカと革靴の足音を鳴らしながら近づいてきて俺の手をガシッと摑む。そのまま引っ張られた腕は、先生の腰のあたりを無理やり摑まされ——。

「ちょっ、なっ、何してるんですかっ⁉」

「触ってみろ。お前ならそれでわかるはずだ」

わかるって何が？

動揺を引きずったまま、それでも言う通りに先生の腰に意識を持っていくと――。

「こ、これは……」

スーツ越しだというのに、触れた筋肉の質に戦慄した。

無駄な肉がほとんどない。女性は筋肉が付きにくいと聞くけど、割れた腹筋やくびれを作る腹斜筋がしなやかな柔らかさを保ちながら存在を主張している。

「どうだ舞織、お前ならこの筋肉のつき方に心当たりがあるだろう？」

腹斜筋はダンスを踊る上で最も重要と言ってもいい筋肉だ。

身体を捻《ひね》る。重心を維持する。極端なことを言えば、体幹を安定させることがダンスにおいて最も大切なこと。その点において、腹斜筋の役割は欠かせない。

俺はもう夢中になって、先生の腰回りの筋肉を揉《も》んでいた。

「す、すごい……！　なんて美しい筋肉なんだ……！」

「……おい、少し遠慮がなさ過ぎではないか？　いやまあ、触れと言ったのは私だが」

先生がなんか言っていたけど、俺の耳にはもはや届かない。

その筋肉の付き方は理想的だった。

引き締まったウエストには腹部の立体感を作り、身体《からだ》全体のシルエットを美しく保つ効果がある。下腹部を軽く押せば弾力性のある反発があり、それはつまり鍛えにくいと言われる内筋にまでしっかりと密度があることの証拠だった。

「……おい舞織、そろそろいいだろう、おい、聞こえてないのか、おい」

こんなに美しい筋肉に出会えたのなんて久しぶり……いや、初めてかもしれない。

スーツ越しだというのに手に吸い付く感触には悪魔のような誘惑があった。手が止まらない。指先が疼《うず》いている。いつまでも触れていたい。できることなら直接触ってみたい。

そんな欲望を少しでも叶《かな》えようと、俺は両手で先生の腰回りを摑み――。

「い、いい加減にしろ舞織！　女性の身体をそんなベタベタと触るなぁ！」

先生がバッと身を翻したせいで、手が腰から離れる。

指先で未練がましく空気を掻きながら、俺は先生へと取ってかかった。

「そんな、もっと触らせてくださいよ！　そもそも先生から触らせるように誘導したんじゃないですか！　俺の意思なんか確認せずにいきなり！」

「ばっ、変な言い方をするな！　誰かに聞かれたらどうする！」

「俺、めっちゃ興奮したんですよ！　こんなに綺麗《きれい》な身体は初めてだったから！　先生の身体の触り心地は最高だったから！　それなのに、どうして！」

「やめ、やめろーっ！　今の世の中は噂《うわさ》に敏感なんだ！　悪意ある広められ方をしたらどうする！　私はまだ教師を辞めたくない！」

そこまでを言われて、ハッと俺は我に返る。

どうやら理想的な筋肉に出会ってしまって気が動転していたようだ。随分と大胆なことをしてのけた自分の行動に驚きながらも、ふーっと息を吐いて騒ついた心音を落ち着かせる。

そして先生の筋肉を触って得た結論を、確信にも近い形で尋ねた。

「先生ってダンサーだったんですか？」

何かしらの種目のアスリートという線もなくはないが、先ほどのダンスを見ればその可能性は低いだろう。あの動きは一朝一夕でできるものではない。多くの時間をダンスに費やした。それを察するには十分な動きが、あのダンスにはあった。

「元ダンサーだ。今はもう引退してるよ」

少しだけ寂しそうに笑いながら先生は答える。

元ダンサー。

その言葉に違和感があった。

定義というか、先生が何をもって引退と呼んでいるかがわからない。人によって捉え方は違うかもしれないけど、踊ることが好きで、嗜《たしな》む程度でもダンスを踊ることができればダンサーを名乗っていいと俺は思っている。

でも、先生の訂正には、俺とは違う明確な基準のようなものを感じた。

……もしかして、プロのダンサーだったとか？

どこかの劇団に所属していたとか、定期的にダンス公演を開いていたとか、そういう職業としてのダンサーだったのなら引退という言葉にもしっくりくる。先ほど見せてくれたダンスは圧倒的で、あのレベルならプロという言葉にも見劣りしないだろう。

「……」

でも。

寂しい笑みを浮かべたまま、先生は自分の太ももの上に手を置いた。

握り締めた手で、スーツに小さく皺《しわ》を作りながら。

言った。

「怪我《けが》だよ」

「――ッ」

風が吹いた。

胸の真ん中にできた穴を通り抜けるような、寂しい風だった。

「…………怪我……」

先生が押さえたのは太もも——ハムストリングスの怪我だろうか。肉離れの起きやすい部位、一度怪我をすると癖になるとも言われている筋肉だ。……いや、引退というからにはもっと深い傷の可能性も……それこそ、靭帯《じんたい》とか……。

「大きな大会に出たときにな、少し無理をし過ぎたんだ。ペアダンスの大会だった。パートナーと一緒に、ずっと夢に見てた舞台だった」

先生にとってはもう過ぎたことなのか、その語り口はどこか優しい。

だけど俺の中を駆け抜ける風は、いつまでも冷たい色をしたままだった。

「全力を出したことに後悔はない。全てを出し切ったと、そう思えるダンスだった。……だからまあ、後悔があるとすれば私の怪我でパートナーに負い目を感じさせてしまったことかな。無理をさせたことに、私が踊れなくなったことに責任を感じていた」

先生は遠い空を眺めている。きっとそこにいつかの記憶を重ねているのだろう。

後悔がないという言葉をどこまで信じていいものか。

先生が経験した物語の重みに、言葉にできない感情が俺の心を掻《か》き乱す。

「だから、また踊れるようになれないかとリハビリを頑張った。おかげで少しくらいは動くようになってくれたが、本格的なダンスにはとても耐えられない。生徒の前だけに少しだけ見栄《みえ》を張ってみたが……ほら見ろ。さっきのダンスだけで、もう膝が笑っている」

押さえた太ももは、そのつま先にかけて小さな震えを繰り返している。

その震えを見て、冗談みたいに笑う先生の姿に――胸の奥がきゅぅと痛んだ。

後悔はない？

全力を出し切った？

そんなの噓《うそ》だ。

だって先生は……さっき踊っていた先生は、本当に楽しそうに笑っていて――。

「――と、つまらない昔話をして悪かったな。別に同情が欲しかったわけではない。ただ単に、お前にアドバイスを送る上で私の経歴を知ってもらったほうが説得力があると思っただけだ。忘れてくれていい。余計な話は聞き流して、有益だと思ったアドバイスだけをお前のものにしてくれれば――」

俺へと視線を戻した先生は、そこで言葉を止めた。

寂しげだった微笑が驚きの形に歪《ゆが》む。

穏やかだった語り口が探るような声音に変わる。

「……舞織……お前、泣いてるのか？」

「…………え？」

指摘されて初めて、自分の頬に涙が伝っていることに気づいた。

先生はきっと、こんな反応を求めていない。ただ純粋に俺にアドバイスを送りたかったから過去を話してくれただけ。

同情なんて浮かべるだけでも失礼だ。ダンスが踊れなくなる。その喪失感を知っているだなんて口が裂けても言えない。俺がダンスを踊れなかったのは俺の心が弱かったから。

俺がダンスと向き合うことから逃げていたから。

きっと俺には涙を流す資格もない。

なのに。

それなのに。

溢《あふ》れ返りそうな感情は余計なことばかりを考えて、先生の言葉を希釈する。

泣くなよ。

なあ、頼むから泣かないでくれ。

熱を持つ自分の瞳に、言い聞かせるように懇願するが——。

「……だ、だって、楽しそうだったから……」

「は？」

「……さっき踊ってる先生は、たっ、楽しそうだったから……」

自分の意思とは別に、口が勝手に途切れ途切れの想《おも》いを代弁する。

たったの四小節。踊ってくれたのは短い時間だったけど。

秋風を従えたように踊る先生のダンスは、綺麗で、自由で、力強くて。

そして何より、楽しそうだった。

「……先生が、ダンスが好きって……踊るのが好きって、わかったから……だから、踊れなくなったって聞いて……それが、辛《つら》いんだろうなって、そう思ったら、涙が……あれ、俺、何言ってんだ……？」

自分でも何が言いたいのかまとまらない。

たぶん、想像したんだと思う。

もし自分がダンスを踊れなくなったらって。

大好きなダンスを、どうしようもない理由で辞めなきゃいけなくなったらって。

先生の気持ちに共感できただなんて、そんな自惚《うぬぼ》れたことは思わない。

ただ、怖かった。

想像だけで、こんなにも途方もない喪失感が心を襲う。

なら実際に踊れなくなった先生は、いったいどれほどの痛みを背負ったのか。

そうやって、過去の話だと笑えるようになるまでどれほどの時間がかかったのか。

きっと、俺なんかが想像できる痛みなんか当たり前に超えている。

だから、意味のある言葉は続かない。

分かり合えない痛苦の代わりなんかじゃないけど。

俺はただ、泣くことしかできなかった。

「…………まったく、困った教え子だ」

いつの間にか、頭の上に温かい感触があった。

先生が優しく、俺の頭を撫《な》でてくれていた。

「舞織《まいおり》、お前は人の気持ちに寄り添える強さがあり、だがそれは弱みでもある。誰かの気持ちに寄り添うということは、その痛みも同時に背負うということと同義だ。今のお前のように、誰かの傷のせいで泣いてしまうこともあるだろう」

ぐっと先生は俺の顔を抱きしめてくれる。

つんと鼻に押し付けられたスーツの匂いは、甘えたくなるような大人の香りがした。

「きっとそれは不器用な生き方だ。誰かのせいにもできない。自分の心だけで恐怖と立ち向かわなければいけない。ふとすれば背負ったものの重さに押し潰されて立ち上がれなくなるかもしれない」

背負うことが怖かった。

欲しい未来へと手を伸ばすことが怖かった。

だって、何かを目指すということは、常に失敗の可能性があるということ。

あの日の約束みたいに、果たすことができなくて蹲《うずくま》ってしまったことだってある。

夜空に浮かぶ星は眺めるから美しいのであって、実際に手に入れようとすればその果てしない距離に心が折れてしまう。そんな妄想が頭を過《よぎ》る。

「でも、その道を選んだお前のことを私は誇らしく思うよ。きっとお前が手を伸ばしたから救われた心もたくさんある。そのことに気づかないフリはしないでいい。足りないものばかりを数えるな。お前がその道を選んだからこそ摑《つか》み取れた笑顔もあるはずだ」

先生の言葉が、モヤモヤとした頭の中の霧を払ってくれる。

ずっと背負っていた何かの重みが消えて、心が晴れていくようだった。

そこまでして——ああそうか、とようやく気づく。

励まして欲しかったんじゃない。答えが欲しかったわけでもない。進むべき道を照らして欲しかったわけでもない。

俺はただ、自分で選んだ道を、誰かに応援してもらいたかったんだ。

「迷わなくていい」

まるで俺の内心を読んだみたいに、先生の優しい声が心の深いところに流れ込む。

「見たくもないような現実や、聞きたくもないような悪意がこの世界には溢れているが、そんなものはただの戯言《たわごと》と切り捨てろ。もっと純粋なものを目指していい。自分の心に正直になっていい。お前が信じるべきなのは、お前の周りに溢れている温かい笑顔だよ」

自然と浮かんできたのは、星蘭《せいら》や乃羽《のわ》の笑顔だった。

本当に欲しいもの。

その温かさは、俺の中に漠然と漂っていた恐怖を小さくしてくれる。

さっきまでと、涙の理由は違っていた。

こんなふうに、全てを曝《さら》け出すなんて初めてかもしれない。

涙を押し付けた胸の温《ぬく》もりは、どこまでも強く、俺の心を受け止めてくれた。

「優しいダンサーになれ。誰かの気持ちを背負って踊れるダンサーになれ。身勝手な期待なんかではない。きっとお前ならなれると、私はそう信じている」

「……はい……はいっ……」

「ふふっ、アドバイスにしては少し具体性に欠けるかな？」

冗談みたいに笑いながら、先生は俺の頭を抱きしめてくれた。

その温かさに包まれながら、俺はしばらく泣いていた。

全てを受け止めてくれるこの人の強さに、今だけは寄りかかるように。


ダンスを踊ろう。

そう思った。

俺が本当に欲しい、たくさんの笑顔を手に入れるために。

その笑顔の中で、俺自身も笑っていられるように。

ダンスを踊ろうって。

そう、思った。

＊＊＊

衣装に着替える。

アニメ『ノンギフテッド・ミュージカル』のステージ衣装を模した服装。

これも遊佐《ゆさ》さんが持ってきてくれたもの。経緯としてはファッションブランド『アーリン・サンライズ』の扱う衣服の中から似たようなデザインのものを探し、それを手直しして原作の衣装に似せたのだと。よって細部は異なるし、ダンスを踊る関係上どうしても再現できないところもあったが、全体のイメージとしては概ね《おおむ》問題ないだろう。

ちなみに衣装の用意を主導してくれたのはオリヴィアさん。かなりの急ピッチで間に合わせてくれたらしく、本当に頭が上がらない。

今をときめくカリスマＣＥＯの貴重な時間を奪うことに申し訳なさが立つが、きっとオリヴィアさんは謝罪なんて求めていない。ステージの成功が一番の恩返しになるはずだからと思い、衣装を握りしめて頑張ろうと小さく意気込む。記憶の中のオリヴィアさんが『その意気だ、ルトくん』と笑ってくれたような気がした。

実際のやり取りをしてくれたのは遊佐さん。

というより、多忙な社長のことを心配して本当は衣装の準備も遊佐さんが進めようとしてくれていたらしいのだが、『息子のために時間を割くのを惜しむ親がどこにいる』という叱咤《しった》にも似たメッセージがオリヴィアさんから届いたらしい。おかげで遊佐さんからはオリヴィアさんの隠し子なのかと疑われた。誤解を解くのに三十分かかった。

閑話休題《それはともかく》。

衣装に着替えた鏡の中の自分を見る。

アニメの最終話で主人公たちが演じたミュージカルの衣装。

レトロ風とでも言えばいいのか、赤茶色のシックなベストの上に黒の羽織をかけている。原作はひらりとした袴《はかま》のようなものを穿《は》いていたが、ダンスを踊る上では危ないので似たデザインのズボンで代用した。和と洋のクールなテイストのみを抽出したかのような雰囲気。うん、自分で言うのもなんだがけっこう似合ってるんじゃないだろうか。

「どうだ悠馬《ゆうま》、どこか変なところはないか？」

「なるほど。原作だとどうしてもわからなかった羽織の裏はこうなってたんだね。もちろんこれは二次創作だから実際の衣装とは違うかもしれないけど最近の漫画家さんはコスプレイヤーさんから衣装イメージを逆輸入することもあるって聞くし――」

「会話しろ」

早口な悠馬の頭をペシっと叩《たた》く。求めた回答ではなかったけど、原作ファンの悠馬がここまで興奮してくれるのならアニメ衣装の再現としては十分だろう。

「そういえば、黒咲《くろさき》さんの衣装は？」

「撮影現場に一緒に持っていった。プロのスタイリストさんに着付けやメイクまでしてもらって、そのままリハーサルに合流する予定だとよ」

乃羽の衣装のイメージも俺のものと系統は似ているが、華やかさを演出するための見慣れないパーツも多く、着脱の説明書が付いている程だった。自分だけで着られるかと不安になっていたところに遊佐さんが着付けの手伝いを申し出てくれたらしい。

撮影のスケジュールは事前に聞いている。リハーサルまでには余裕をもって戻って来られる予定。乃羽の衣装についてはそのときにお披露目になるだろう。それをちょっと楽しみにしながら、何の気もなしに時計に目をやると――。

「……あれ？」

思ったより着替えに手間取っていたらしい。

時計が示していたのは既に乃羽が旅館に戻っているはずの時間。リハーサルは今から三十分後。本番はさらにそこから一時間後だ。

多少の遅れは問題ないが、事前に立てた予定にズレがあると心が浮つくような焦燥感がある。少し几帳《きちょうめん》面かもしれないが、これぱっかりは性分なので仕方ない。

まあ、乃羽はモデルの撮影が初めてだ。慣れないことで余計に時間がかかってしまったんだろう。もしかしたら旅館には戻らず、少し押してしまったスケジュールを考えて直接祭りの会場に向かったのかもしれない。十分に考えられる可能性だ。

「悠馬、会場に行くぞ」

「うん、わかった」

察しのいい友人は俺の決定に特に疑問を抱かず頷《うなず》いてくれた。

気に入ったのか、悠馬は昨日と同じ黄色い浴衣を着ている。先ほどひとりで器用に着付けをしていた。ただのんびり歩くのは申し訳ないと思ったのか、靴だけは普通のサンダルを履いている。そういう何気ない気遣いができるから、こいつのことは嫌いになれない。

会場に着く。

既に祭りは始まっていて、楽しげな喧騒《けんそう》があたりには溢《あふ》れ返っていた。

どくんっ、と心臓が鳴る。

時間と場所が本番へと近づいて、その実感に鼓動が騒ぐ。

……やっぱりまだ、ちょっとだけ怖い。

目に見える人たちの顔が落胆の表情に変わるのを勝手に妄想する。ふざけた幻覚だとわかっているけど、その顔は俺の不安な心を映し出す鏡のようだと思った。

だけど。

「……うん、大丈夫だ」

握り締めた手に、きちんと力が込もっていることを確認する。

情けない自分の心は信じられないかもしれないけど、こんな俺のことを信じてくれる人の言葉なら信じることができた。

花火の光に照らされた乃羽の言葉も。

頭を撫でながら囁《ささや》いてくれた先生の言葉も。

迷ってばかりの俺の心を支えてくれる、星明かりのように輝いた温かい道標だ。

鼓動はまだ鳴っていたけど、その種類が変わる。

不安によって乱れるのではなく、明確な意志によって熱烈にポンプする。

全力で踊ろう。

失敗したっていい。ダンスを楽しもう。

乃羽と一緒なら、それができる気がした。できると思った。

もし転んでしまったら、一緒に傷ついて、一緒に泣いて、それから一緒に立ち上がって、また一緒に歩き出せばいい。それがきっと、パートナーってものだから。

想《おも》いを確かめて、胸に熱を持ちながら俺は移動する。

リハーサルの会場はステージの裏手だ。本番の流れを想定し、祭りのスタッフさんたちと打ち合わせをしながら問題がないかの確認をする。本当だったら実際のステージを使わせてもらいたかったが、スタッフさんたちも忙しいようだし無理は言えない。

本部テントを経由して、ステージ裏に通してもらう。

乃羽たちが先に着いていないかと、探るような視線を巡らせると——。

「……それは、本当ですか？」

ステージ裏では、八桜《やざくら》先生が厳しい表情でどこかと連絡を取っていた。スマホを耳に押し当てて話す声は、驚きと悔しさを混ぜ合わせたような、そんな声——。

「……はい、はい……いえ、遊佐さんが謝ることではありません。こればかりはどうしようもないことですから。……はい、そのまま子供たちの安全を第一にお願いします」

話し相手は……遊佐さん？

断片的な会話では内容がわからないけど、感じ取った雰囲気はどことなく硬い。

不意に横切った風の音が、とても冷たく聞こえた。

空気が緊迫している。

その感覚を肌で察する。

「先生、何かあったんですか？」

「……舞織《まいおり》」

八桜先生の声は落ち着いていた。

だけどその顔には動揺を押し隠そうとしているかのような違和感があった。

胸にじわりと嫌な予感が広がる。

流れというものが良くない方向に傾いていると、どうしようもなくそれを察する。

「夜のうちに大雨が降ったことは知っているか？」

八桜先生が切り出したのは、一見、この場には関係なさそうなこと。

理解に戸惑う俺に、先生は淡々と事実を羅列した。

「その影響で土砂崩れが起き、一部の道路が封鎖されたらしい」

「……は？　土砂崩れ？」

「それで生まれた渋滞に黒咲たちを乗せた車が捕まった。会場への道も遠回りを余儀なくされ、到着時間がかなり遅れるそうだ」

「……遅れるって、具体的には？」

「早くても、お前たちのステージの一時間後」

小さく、息を呑《の》んだ。

頭の中で祭りのスケジュールを思い出す。

俺たちのステージの順番は今日の最後。

ダンスの終了と同時に祭りが終わるようにタイムスケジュールが組まれている。

それがどういうことか、考えた。

「……」

乃羽《のわ》は——間に合わない。

ステージどころか祭りの時間にすら、この場所に追いつけない。

観客なんて残っているはずもない。

ダンスを踊っても——誰も、いない。

「……っ」

やけにリアルな妄想に頭が白く染まりかけたが、どうにか踏み止《とど》まり思考を続けた。

慌てたところでどうしようもない。具体的なことを考えろ。どうすればいい。どうすることが正解だ。諦めてたまるか。どうすれば、このトラブルを解決できる？

考えろ、考えろ、考えろ考えろ考えろ考えろ。


…………無理だろ。


当たり前だが、乃羽と踊るには乃羽が会場にいないと無理だ。

ドクドクと、心臓が痛み出す。

解決策なんて思いつかない。具体的なことを考えれば考えるほど、正解なんてないことが突きつけられる。非情な現実が俺の耳元でくすくすと笑っているような気がした。

「舞織。遊佐さんがお前と話したいそうだ」

「え、あ、はい……」

呆然《ぼうぜん》と手を差し出す。

受け取ったスマホの重さに手が震えた。現実を正しく受け止められない。ここがまだ夢の中なんじゃないかと、そんな現実逃避のような思考が頭の中を駆けている。

『ごめんね。こんなことになっちゃって……』

「あ、いや、遊佐さんのせいじゃないですから……」

どこまで考えて喋《しゃべ》れていたかわからない。

混乱していた。

だって、土砂崩れって、そんなの……頑張るとか、勇気を出すとか、そういう個人の努力でどうにかなるレベルを大きく超えている。

理不尽。

そう言ってもいいだろう。

何のせいにすればいいのかもわからない。どこに怒りをぶつければいいのかもわからない。反省の仕方もわからない。落ち込むことが正しいのかもわからない。

わからない。わからない。わからない。

思考は動いているのに、解決策を探すことを諦めていた。

目が眩《くら》む。

世界から切り離されたみたいに、周囲の音が遠くなっていく。

だけど。

『放して星蘭《せいら》っ！　こうなったらもう、走っていくしか――』

『馬鹿を言うな！　歩道なんてないこんな山道に大切な友達を放り出せるものか！　土砂崩れが起きた場所なんだぞ！　冷静になるんだ、乃羽っ！』

『でも、だって――っ！』


電話越しに聞こえた声。

よく知った声の、切羽詰まったその響きに、呆然とした意識が戻る。

勝手に全てを諦めかけていた俺とは別に、電話の先では理不尽な現実に足掻《あが》こうとする涙に濡《ぬ》れた声があった。

『流斗《ると》と約束したの！　一緒に踊るって！　流斗のことはあたしが支えるんだって！』

剥《む》き出《だ》しの感情だった。子供が我儘《わがまま》を叫ぶのと同じ声。

錯乱しているのだとすぐにわかる。

落ち着いて考えれば、そんなに泣き叫ぶようなことではないはずだ。

今回は仕方なかった。

誰が悪いってわけでもない。

別にこれが最後の機会ってわけじゃない。

──次、一緒に頑張ればいいさ。

励ます言葉なんていくつも浮かぶ。無理をする場面じゃない。乃羽とはクラスメイトでこれからもずっと一緒にいる。どこか遠くの、アメリカにでも行ってしまうなんてわけじゃないんだ。今回は駄目だったけど、また踊れる機会なんていつでもある。

そんなことを思った。

でも、聞こえた。


『……もう、ひとりぼっちで踊るのは、いやだよぉ……』


「…………」

スマホを摑《つか》んでいた手に力がこもった。

その意味が、俺にはわかる。わかってしまう。

だってそれは、俺の罪だから。

俺たちのダンスは、あの失敗の日で終わっている。

立ち止まった俺とは違って、乃羽はずっと前へと進み続けた。

離れ離れになった乃羽は、ずっとひとりで踊っていた。

だから、今日が久しぶりの『一緒』だったんだ。
ずっと待っていたパートナーがようやく立ち上がってくれた。
追いついて、横に並んで、一緒に笑い合える位置にまで来てくれた。
また、一緒に踊れると思った。
そんなことを思ってくれていたはずだ。
わかるよ。
パートナーだからわかる。
それくらいのことがわかるくらいには、乃羽とは心が繋《つな》がっている。
だから、今の乃羽の気持ちも。
今の乃羽が、何に苦しんでいるのかもわかってしまう。
怖いんだ。
ようやく一緒になれたのに、また隣でダンスを踊れると思っていたのに。
あの日みたいに、また失敗してしまったら……。
あの日みたいに、俺たちのダンスがまた寂しい結末を迎えてしまったら。
あの日みたいに、また俺たちが離れ離れになっちゃうんじゃないかって。
乃羽はそのことを、怖がっているんだ。

「…………」

つーつー、と音がする。
いつの間にか、通話は途切れていた。
虚《むな》しい電子音が鳴るスマホから耳を離す。
「……どうするんだ、舞織」
先生が聞いてきた。
どうするって言われても……悔しいが、どうすることもできないだろう。
乃羽の気持ちがわかったところで、現実は非情だ。
物理的な距離と時間の問題で、俺たちのステージは成功しないことが決まった。
どれだけ一緒に踊りたいと願っても、それはもう不可能なんだ。
理想は諦めよう。
我儘な子供じゃないんだ。
きちんと現実を受け止めて、少しでも傷が浅く済む方法を考えよう。
乃羽は悲しむだろう。
一緒に踊れなかったことに責任を感じてしまうかもしれない。
祭りの終わったステージを見て、観客のいないステージを見て。
きっと蹲《うずくま》りながら、泣いてしまうはずだ。
だからその手を握ろう。

俺はどこにも行かないよって伝えよう。
次は一緒に踊ろうって俺から誘おう。
手を取って、励まして、乃羽がまた立ち上がるための力になろう。
それこそが、正解。
それこそが、失敗が決まったこのステージの、少しでも成功に近い形で──。

「…………んなわけねぇだろ」

胸の中に灼熱《しやくねつ》があった。
始める前から失敗を決め切るなんて、そんな俯《うつむ》いた心は捨てろ。
現実は非情だ。それはわかった。
でもそれが諦める理由には何ひとつとしてたりえない。
もし戦うための理由が必要だったら、あの声を思い出せ。
『もしあたしが泣きそうになったらさ、今度は流斗が助けに来てね』
花火と一緒に溶けていった、小さな願い事を思い出す。

今がそのときだ。

恩を返せ。

乃羽はずっと、蹲っていた俺のことを待っていてくれた。

だから今度は、俺の番だ。

ひとりぼっちは終わりでいい。

あんなに頑張った女の子は、そろそろ報われてもいいはずだから。


「先生」

「なんだ？」

「俺のステージが始まったら、曲を流し続けることはできますか？」

俺の質問に、八桜《やざくら》先生は形のいい眉を顰《ひそ》めた。

「流し続けるって、いつまでだ？」

「乃羽《のわ》が来るまで」

先生は驚きで目を見開く。俺の考えていることを察してくれたのだろう。

馬鹿な考えだってわかってる。

もっと効率的で、正解だと言えるようなやり方があるのかもしれない。

でも、俺が思いつくのはこんな不器用なやり方だけ。

俺ができるのは——ダンスを踊ることだけだ。

「俺のダンスでステージを繋ぐ。乃羽が来るまで、誰ひとりだって逃がさない」

衣装のハットを被り直してから、俺は強く宣言した。

現実的なことを言えば、ひとりも逃がさないのは無理だろう。

祭りの予定時間をオーバーしてまで踊るんだ。わざわざ残ってまで見たいと思わせるダンスでなければ、観客はみんな帰ってしまうだろう。

定義はシンプルだ。結論をまとめる。

俺のダンスがつまらなければ、この決意はそこで終わりた。

「一時間だぞ。いや、実際にはもっと長いかもしれない」

「知ってます」

「休まずに踊り続けるなんて、現実的じゃない」

「でしょうね」

「それでもやるのか？」

「やります」

普通に考えればできない。そんなことはわかってる。

でも、できないくらいで諦めてたまるか。

賢くなったフリをして、星に手を伸ばすことを諦めるな。理想に酔え。物分かりの悪い愚者になれ。今のこの燃えたぎった心のままに、泥臭いダンスを踊れ。

「わかった。付き合おう」

先生は小さく息を吐いてから、少しだけ嬉《うれ》しそうに口の端を緩めた。

「私が直接曲を回す。音楽プレーヤーか何か……お前の知っている曲のリストのようなものはあるか？」

俺はスマホを取り出して、普段使っている音楽アプリを開いた。

一時間を超えるダンス。同じ曲を繰り返せば当然観客は飽きる。先生は俺の知っている曲をうまく使い回して場を繋ぐつもりのようだ。

「細かい打ち合わせをしている時間はない。振り付けは曲を聞いてから即興で作れ」

「はい」

「わかっていると思うが相当の体力と根気が必要だ。曲のテンポは散らしてやる。無理を言うようだが、タイミングを見計らって踊りながら休め」

「そりゃホントに無茶な話ですね」

「お前が自分で決めたことだ。勝手に見限るなよ。……では私はさっそく音源の準備に入る。琴宮《ことみや》、手伝え」

「わかりました」

すぐに動いてくれた先生に感謝していると――ふと、その背中についていく悠馬《ゆうま》と目が合った。アニメ好きの友人は、こんなときなのに瞳をワクワクと輝かせている。

「やっぱり流斗って主人公だよね」

「何の話だよ」

「流斗の友達で良かったってこと」

相変わらずマイペースな友人の声に脱力しながら、俺は深く息を吐いた。

意識を自分の奥底に向けて、無謀な何かに挑むための心構えをする。

足りないものを数えた。

実力も、勇気も、我儘《わがまま》を貫き通すだけの力も、何もかもが俺には足りない。

身体《からだ》の震えに目を落とした。

腕も、足も、胸の中の心までも、思い立った無茶な考えに怯《おび》えている。

……でも、譲れない想《おも》いを確かめた。

実力不足がなんだ。不相応な願いだとしてもどうした。

適当な言い訳を並べて中途半端な結果を拾うくらいなら、最後の最後まで醜く足掻《あが》いて完膚なきまでのハッピーエンドを目指したい。

瞼《まぶた》を閉じる。イメージする。

俺にとってのハッピーエンドとはなんだ？

辿《たど》り着かなきゃいけない未来とは、どういう色と形をしている？

――うん、見える。

ステージで楽しそうに踊る、俺と乃羽の姿が見える。

「──はっ」

自分の単純さに呆《あき》れた声が出た。
つまるところそうなんだ。俺という人間はどこまでも単純なんだ。
星蘭《せいら》のときもそうだった。俺の踊る理由なんて、この程度のことで十分なんだ。
……好きな女の子には笑っていて欲しい。
青臭い決意だと思う。
確かめた願いの形が笑えるくらいに浅くて、実際に笑ってしまった。
でも──うん、これでいい。
俺っぽくていいさ。
転んで、躓《つまず》いて、俯いて、思い通りにいかない現実に踊らされてばっかの俺だけど。
その願いのためにだったら踊ってやってもいいかなって、そう思う。
だったらもう、やることは明確だ。
乃羽の声を。
怯えながら泣いていた女の子の声を思い出す。

「許せるかよ……」

ことは違う空の下で、涙を流したままの女の子がいる。

外への手の伸ばし方がわからなくて、ひとりで蹲っている女の子がいる。

その手を握ってあげるのは、パートナーである俺の役目だ。

もし心の中に閉じこもっていたのなら、その殻を破ってでも無理やり手を伸ばす。

パートナーになると決めた。

あの強がりなくせに寂しがりな女の子の手を、ずっと繋《つな》ぎ続けると誓った。

ひとりぼっちは嫌だと呟《つぶや》いたあの子の隣で、ずっと踊り続けると約束した。

違えるなよ、守れ。

いろんなことに悩んで、簡単なことで立ち止まる、そんな半人前の俺たちだけど。

だからこそ俺たちは、ふたり揃《そろ》ってようやく一人前になれる。

ひとりでは見上げるだけの星空も、ふたりの翼を重ねれば自由に羽ばたくことができるはず。そう信じたい。そう信じている。そのことを証明したい。

だから、足掻け。

聞き分けの悪い意地を貫き通せ。

世界の誰もが乃羽のことを諦めても、俺だけは絶対に信じ抜け。

「やってやる……」

さんざん俺のことを踊らせてきた現実ってやつに宣戦布告する。

心は決まった。

腹は括《くく》った。

あの涙に濡《ぬ》れた声を笑顔に変えてやると、くだらない意地を握りしめた。

「やってやるよ、くそったれッ!!」

ダンスを踊ろう。

この譲れない想いのために。

勝手に全部を背負って俯いてしまった女の子が、また星空を見上げて羽ばたけるように。


「……あぁ、ぅあああぁ、あぁああっ……」

車の中には、あたしの嗚咽《おえつ》が響いていた。

泣いたって仕方がないのに、こんな涙に意味なんてないのに。

後部座席に座ったあたしは俯いて、自分の膝をギュッと握りしめて。

ただ、涙を落とすことしかできなかった。

「……ぇう、ごめん、ごめんね、流斗《ると》……ぇぐ、ごめんね……」

届くはずもないのに、その名前を呼ぶ。

あたしをダンスの世界に繫ぎ止めてくれた相棒に。

ずっと一緒に踊ろうって約束したパートナーに。

みじめで、情けない、ぼろぼろのごめんなさいを繰り返す。

「……うぅう、ぁうう……」

頑張り方を間違えたんだ。

自分ではない誰かに憧れた。知らない世界に手を伸ばそうとした。

その結果が、何もかもが中途半端に終わる、こんな救えない結末だ。

情けない。自分が本当に嫌になる。悔しい。悔しい。悔しい悔しい悔しい――っ。

「乃羽」

横から、星蘭があたしを抱きしめてきた。

「乃羽は何も悪くないよ。だからそんなに自分を責めないでくれ」

耳元で囁《ささや》かれた声は、綺麗《きれい》で、力強くて、この世界のどんな悪意からも守ってくれるみたいな、そんな頼もしさに満ちていて――。

だけど今だけは……温かさも、優しさも、頼もしさも、その全部が痛みに変わる。

口から出て行ってしまうのは、星蘭の優しさを突き放すような言葉ばかりだ。

「……あたしが悪いに、決まってるじゃない……」

土砂崩れなんて誰も予想できない。だからこれは仕方ないことなんだ。

そんな言い訳で納得できるわけがない。

世の中には理不尽なことが溢《あふ》れている。

病気や怪我《けが》のせいで万全のコンディションで大会を迎えられなかったみたいな、そういうスポーツ選手の話なんてたくさん聞く。

だからプロの世界では……いや、プロじゃなくたって、本気で何かに取り組んでいる人は不測の事態を少しでも減らすために万全の準備をするものだ。

あたしはそれを怠った。

防げるはずだった問題を見過ごして、取り返しのつかない事態を引き起こした。

だって……だって、そうでしょう？

大事なステージがある日に他の予定を入れる。それがそもそもバカな話だったんだ。

後悔は尽きない。

顔を上げられない。

頭の中から、自分を責める言葉が止まらない。

ぽろぽろとこぼれる涙に、膝を濡らすことしかできない。

星蘭は優しいから、こんなあたしを見るのは辛《つら》いだろう。

わかっていても、涙を隠せない。こんな自分を許すことなんて、できないよ。

「………とりあえず、旅館に向かうね」
運転中の遊佐《ゆさ》さんが気を遣うような優しい声で言った。
返す言葉も震えて出ない。
取り繕うこともできずに嗚咽を漏らして、それを返事の代わりにした。
だけど——。
「いえ、遊佐さん。祭りの会場に向かってもらえますか？」
何かを遮るような力強さで、星蘭が言った。
頭の中で、……え？　と声を漏らす。
意味がわからない。
ステージの時間はとっくに過ぎている。祭りの時間ももう終わっている。
今更向かったところで、誰もいない公園がそこにあるだけだ。
せめて祭りの名残だけでも楽しもうって、そういうつもりなんだろうか？
泣き腫らした顔をゆるゆると上げたあたしは、星蘭の顔を見てよりいっそう困惑する。
だって、笑っていたから。
あたしの心の隙間を埋めるみたいに、星蘭は優しく微笑《ほほえ》んでいたから。
「今は頭がいっぱいいっぱいだろう。だから落ち着くまで、私の昔話を聞いてくれ」
……昔話？　なんで？

混乱したあたしの頭では、その意味を深く考えられない。

だけど星蘭の声は優しく澄んでいて、染み渡るようにあたしの耳に入っていく。

「小学三年生の頃だ。学校で球技祭が……いや、そんな名前じゃなかったな。ちょっとしたスポーツ大会みたいなものがあったんだ。私はバスケットボールに参加することになっていた。当時から私は背が高かったからね、別に経験者というわけではなかったがクラスの意見に流されるような形で決まってしまったんだ」

唐突な昔話を懐かしむように、笑いながら星蘭は話し始める。

優しく微笑んだ横顔は儚《はかな》く綺麗で、こんなときなのに見惚《みと》れてしまいそうだった。

「今では想像しにくいかもしれないが当時の私は引っ込み思案でね、積極的に前に出るような性格ではなかった。友達作りも下手で、放課後に一緒に遊びに行くようなクラスメイトもいない。当然、学校行事にも消極的で運動会も合唱コンクールもクラスの端っこでやり過ごすようなタイプだった」

当時のことをつぶさに思い出しながら、少し恥ずかしそうに星蘭は語る。

たしかに今の星蘭を知っていると引っ込み思案の星蘭っていうのは想像もつかない。前にちょっとだけ聞いたことがあったけど……たしか髪の色とか目の色とか、周りとは違うハーフの特徴のせいでクラスでは浮いた存在になっていたのだとか。

……あたしにはわからない感覚だ。

見た目なんかで接し方を変える意味がわからない。その人がどういう性格で、どういう考えを持っていて、一緒にいてどう思うか。大事なのはその部分だと思うのに。

そんなことを考えていると、星蘭にくすりと笑われた。

「ありがとう。こんなときでも私の気持ちに寄り添ってくれる乃羽《のわ》の心は、他の何にも代えがたい綺麗な宝石だ。しかし、これに関してはもう過ぎたこと。話の本筋からも逸《そ》れるから気にしないでくれていい。……話を続けるね？」

星蘭の確認にこくりと頷《うなず》く。

「そのときの私はね、珍しくやる気があったんだよ。ルーくんと出会って半年くらいだったかな？　毎日ダンスを頑張るルーくんを見ていたからか、頑張るって格好いいなって思えるようになっていたんだ。単純だけど、だから頑張ろうと思った。バスケなんて知らないし武器は身長くらいしかなかったけど、クラスのために全力を出そうって思ったんだ」

星蘭のその思い出に、小さく笑ってしまった。

流斗のダンスには影響力がある。見ている人を前向きにする不思議な必死さがある。あのダンスを見ていると、あたしも頑張らなきゃって気分にさせられる。

昔からそうだったんだって……覚えた共感にこっそり口元が上向いた。

「教本を読んだり動画を見たり、経験者であるマァムに教えてもらったりして私はバスケの練習を頑張った。幸いなことにバスケの国の遺伝子は私の中にも流れていてくれたようで、上達は早かったよ。直前の練習では周りを圧倒できるくらいに強くなっていて、クラスメイトたちも喜んでくれた。優月《ゆづき》さんがいれば安心だねって言ってもらえて舞い上がった。そのとき初めて、私はクラスの一員になれた気がした」

いい話……だと思う。

星蘭《せいら》が頑張ったから、みんなが喜んで、星蘭も喜べる結果を摑《つか》み取れた。頑張れば夢が叶《かな》うみたいなお手本のような綺麗事だ。間違いなくいいことだ。

だけど、そこで星蘭は少しだけ顔を伏せた。

「本当に私は単純だった。みんなが喜んでくれるのが嬉《うれ》しかった。だから私はもっと頑張った。雨の日なんかも外に練習に行ったりした。その効果は劇的だった。わかりやすい結果を引き寄せた。――スポーツ大会の日、私は風邪をひいて学校を休んだ」

「……っ」

「学校に行かせてと泣きついたのは後にも先にもあれが最後だろう。でも熱はひどく、少し立っただけでふらりとよろつくほどの体調。マァムは当然登校を許してくれなかった」

意識的か無意識か。

あたしを抱き寄せる星蘭の腕に、グッと力が入った。

失敗の記憶。悲しい記憶。星蘭からすれば思い出したくもないはずの記憶。

それをどうして話してくれるのかと、あたしはただ疑問に思った。

「一週間ほど部屋に引きこもってしまったよ。クラスのみんなを裏切ってしまった。期待をしてくれたのに、それに応えられなかった。……いや、引きこもった理由はもっと個人的なもの。……怖かったんだ。悪者にされるんじゃないかって。負けたのは優月さんのせいだって叩《たた》かれるんじゃないかって、そんなことを思っていた。実際に負けたのかどうか、スポーツ大会の結果すらも知らなかったというのに」

そう思うのも仕方ない、と思う。

気持ちが落ち込んだときは悪いことばかりを妄想する。

病気で身体《からだ》も弱っていたはずだ。小学生のメンタルが、その重圧に耐えられなかったとしても不思議じゃない。

「引きこもっていたときにね、ルーくんは毎日来てくれたよ。私は怖がって部屋を開けられなかったけど、無理はしないでいい、元気が出たらでいい、そしたら一緒に学校に行こうって……毎日毎日、扉の前でずっと言い続けてくれた。でも当時の私は怯《おび》えてばかりでルーくんの声を素直に受け止められなかった。部屋で泣いてばかりで、真っ暗な妄想の中から抜け出すことができなかった」

「……」

「その日もルーくんが来てくれた。朝早くに、今日は学校に来られないかって。いつも通りに引きこもっていた私だけど、その日はルーくんが長く居てくれて……ふと、気づいたんだ。——あれ、今日は日曜日じゃないかって」

「……え？」

「怖い気持ちよりも、好奇心というか、不思議に思った気持ちが上回った。何日かぶりに部屋を出た私はルーくんに連れられて学校に行った。そこにはクラスメイトが集まっていて——バスケットボールをしようって私を誘ってくれたんだ」

星蘭は柔らかく目を細めた。

大切な宝物を抱きしめているみたいな、満ち足りた表情で。

「ルーくんがみんなを誘ってくれたらしい。スポーツ大会に出られなかった私のために、みんなでバスケの大会を開こうって。きっと楽しみにしていたはずだから。あんなに頑張ってたんだから。だから新しく、私が楽しくバスケをできる時間を作ろうって」

「……」

先ほどの、星蘭の腕に力がこもった理由をあたしは察する。

悲しい記憶を思い出して、つい力が入ったんじゃない。優しい思い出を愛《いと》おしんで、あたしを抱きしめてくれたんだ。その温《ぬく》もりを、震えたあたしに分けてくれるために。

「ルーくんと私はクラスさえ違ったんだ。他のクラスの子に声をかけて、中には頭を下げてまでお願いしたこともあったらしい。不思議でならなかったよ。私のために、どうしてそこまでしてくれるんだって。気になって、ついルーくんに聞いてしまった」

「……流斗《ると》は、なんて言ったの？」

「嫌いなんだって。努力が報われないことが」

思わず、泣き笑いの表情を浮かべてしまう。

流斗らしいなって思った。

普段はどこか頼りないのに、譲れないところでは徹底的に頑固になる。そういうところは昔からだったんだと、あたしの知らない流斗の面影がぼんやりと浮かんだ。

「今の昔話を、乃羽の状況に重ねるつもりはない。ただ単に伝えたかったんだ。あのときのルーくんが私の頑張りを見つけてくれたみたいに、乃羽が頑張っていることを見つけてくれる人は必ずいるって。——少なくともここにひとり、乃羽の努力を見てきた私がいる。頑張ったねって抱きしめて、その頑張りを褒めてあげられる友達がいる」

星蘭はぎゅっとあたしを抱きしめてくれた。

その温かさに、涙に濡《ぬ》れていた瞳がぐっと熱くなってしまう。

「で、でも、あたしは頑張り方を間違えて……」

「結果がどうであれ、努力に間違いなんてものはないさ。積み上げてきたものは決してなかったことにはならない。きっと何かしらの形で乃羽の力になっているはず」

「だ、だからって……」

「それに、間違えたと見限るにはまだ早いと思うんだ」

あたしの弱音を覆す声は、大きな何かを予感するような力強さがあった。

一瞬だけ窓の外に目をやった星蘭は、星に願いを託すかのようにそれを言う。

「聞こえた気がするんだ。乃羽の努力を無駄にしたくないって足掻《あが》いている、不器用な男の子の声が」

星蘭の瞳がまっすぐにあたしを見る。釣られてあたしもその瞳を覗《のぞ》く。

大空みたいに澄み渡った蒼《あお》い瞳が、何かを知っているかのように輝いた。

「だったらあとは任せてしまえばいい。私たちの物語には、泣いている女の子を絶対に許さない、最強の主人公がついているのだから」

確信に満ちた声で星蘭は言う。

あたしがその意味を知るのは、すぐあとのことだった。


あたしたちを乗せた車が、祭りの会場に着いた。

いや、祭りの会場だった場所に着いた。

到着した時間は予定外であり予想通り、あたしたちのステージの一時間後。

とっくに祭りは終わってる時間。

そこには観客なんて誰もいない、寂しげなステージだけが残っていた。

残っている、はずだった。

「…………なによ、これ」

信じられない光景に、思わず目を眇《すが》める。

祭りの会場には、まだ光と音が残っていた。

その輝きを求めるように、ステージにはたくさんの人が集まっていた。

燃え上がるような熱量がそこにはあった。

誰もがその光景に、自分の中の興奮を重ねていた。

歓声と拍手が飽和し、地面が揺れるかのような熱狂へと変じていた。

――ステージでは、流斗が踊っていた。

尋常ではない汗を掻《か》いている。

いったいどれほどの時間を踊っていればそれほどの汗が出るのだろう。

もはや汗だけでは熱量の放出が間に合わないのか、ステージで踊る流斗の身体には薄靄《うすもや》のような湯気がまとわりついていた。

「……な、なんで…………」
あたしの呟《つぶや》きは、薄っぺらい嘘《うそ》の欠片《かけら》がこぼれたみたいだった。
だって、あたしはもう気づいている。
あんなに息を荒らげて、死にそうな呼吸を繰り返しながら。
それでも笑って、無理をして、自分の限界を絞り切って。
必死のダンスを踊り続けているその理由を……本当はもうわかっている。
気づかないふりなんてできない。
言葉になんてしなくたって、流斗のダンスが全身でそれを伝えていた。

——あたしを、待っているんだ。

「流斗、流斗——っ！」
嘘みたいな光景だった。
でも流斗のダンスからは全力の意志だけが伝わってくる。
意地みたいな感情。まっすぐで無邪気な、楽しみなことを目の前にした子供のような。
——あたしと一緒に踊るんだっていう、純粋な感情が届いてくる。
気づかないわけにはいかない。

他の人からだとどう見えるかなんて知らないけど……あたしだけは。

流斗とずっとパートナーだったあたしだけは、その想《おも》いを一雫《ひとしずく》すらこぼしてはいけない。

詳しい経緯は知らない。

どうしてこんなことになっているかなんて、わかるはずもない。

わからないままでいいとも思う。

本当にわからなきゃいけない想いだけは、きちんと伝わったから――。

「流斗――っ」

泣き叫ぶようにあたしは叫ぶ。その名前を呼ぶ。

夢みたいな光景だった。今も歓声が上がり続ける会場は、たくさんの人の想いで膨れ上がった大きなシャボン玉みたいに熱気を閉じ込めている。

何かの衝撃で泡が弾《はじ》ければ、目の前の光景が全て割れてしまうのではと。

そんな途方もない妄想が頭の中に広がる。

だって、だって、こんなの、あたしにとって都合が良すぎる。

あたしが勝手に見ている幻想だって言われても不思議じゃないくらいだ。

だけど――。

「ねえ、お母さん！」

そんなあたしの弱虫な妄想を、吹き飛ばすような声がそこにはあった。

小さな女の子だった。

あたしの近くで、ステージを見ていたその子は。

手を握った母親をキラキラとした瞳で見上げて、こう叫んだ。

「わたし、ダンスを踊りたい！　あのお兄ちゃんみたいに踊ってみたい！」

爛々《らんらん》と光を帯びたその声は、間違いなく夢だった。

たぶん、きっと、この子だけじゃない。

この日、この夜、この場所で——ダンサーを夢見る、たくさんの子供たちが生まれた。

流斗のダンスは、その輝きは、星だった。

たくさんの夢を背負って駆ける流れ星だった。

散ることを恐れるのではなく、流れることに悔やむのではなく。

今のこの一瞬に全てを燃やして駆けようとする、どこまでも眩《まぶ》しい意志の衝動だった。

「——っ！」

胸が、熱くなる。

温かい、じゃなくて——熱い！

流斗の覚悟を見た。その迸《ほとばし》る熱量を感じた。譲れない意志を受け取った。そんな途方もないものを捧《ささ》げてもらったことに、胸いっぱいの嬉《うれ》しさが弾けた。気を緩めれば、膝を折って、手で顔を覆って、その指の隙間から温かい涙をこぼしていたかもしれない。

でもそれは、今じゃない。
不意に、ダンスを踊っている流斗と目が合ったような気がした。
刹那に交じった視線から、言葉を受け取る。
……早く来いよ？
ううん、違うな。
——ちゃんと笑えよ、かな？
こんなときだっていうのに、流斗の気持ちは純粋だった。
ただ、ダンスが好きなだけ。
あたしと一緒に踊ることを楽しみにしている男の子が、そこにはいた。
それが嬉しくて、また涙が滲《にじ》んでくる。
もちろん、泣いてばかりではいられないってわかっているから、その涙を最後にする。
霞《かす》んだ視界であたしは見た。
ステージを。
流斗の隣を。
あたしの居場所を。
「乃羽《のわ》」
星蘭《せいら》は優しく微笑《ほほえ》んでいた。

こんなときだというのに、その笑顔に嫉妬する。

まるでこの展開がわかっていたかのような笑み。あたしよりも流斗のことを知っているんだぞと、そう言っているような気がしてちょっとだけもやっとした。

いけない、違う。今考えるべきなのは、そんなことじゃない。

「行こう、ルーくんが待ってる」

「……うんっ」

あたしは駆け出した。

心が先走って、身体《からだ》が追いつかなくて、何度も転びそうになりながらも駆けた。

一秒だって早く行きたかった。

あたしの居場所に、あの場所に、流斗《ると》の隣に、すぐにでも行きたかった。

ダンスを、踊りたかった。

＊＊＊

……どれくらい、踊っただろうか？

頭が熱い。身体中のあちこちに熱が溜《た》まりすぎて、意識が朦朧《もうろう》としている。

身体中がわずらわしいほどの汗で濡れているのに、唇だけはパサパサと乾燥していた。

脱水症状の兆候。意識の混濁もこれが原因だろう。

疲れた。肺が痛い。足も腕も、ぼろぼろだ。

最初は嬉しかった歓声も拍手も、今はもう、ぶ厚い壁越しに聞くかのように遠い。

……もう、やめたい。

頭の奥底から弱音が滲む。頑張った。もう十分だろ。これ以上はお前が壊れる。そんな結末は星蘭も乃羽も望んでいない。

聞こえてくる言い訳が徐々に具体性を帯び、その現実感が少しずつ俺の中から力を奪っていった。惰性のように踊り続ける身体がふとした瞬間に鉛のような重みを生み始める。

何より、意識がはっきりしないのがマズい。

今回のダンスはそのほとんどが即興だ。聞こえてくる曲に合わせてリズムとテンポを早急に摑《つか》み、最適な振り付けを選び続ける。その繰り返し。つまりは思考の連続。

振り付けは、何もゼロから生み出しているわけじゃない。

ダンスには決まった振り付け——これまでの経験や、有名なダンスの型、自分で作った創作の動きなど、身体に覚えさせた踊りのパターン——セットと呼ばれるものがある。

俺が即興でダンスを踊れているのは、聞こえた曲に合わせてセットをうまく選び続けているからだ。その選択は一瞬の判断。凝縮した思考でようやくなせること。

だから、もう無理だと思った。

こんなにクラクラした頭じゃ、今までみたいに最適なセットを選び続けるなんてできっこない。どこかでミスをして、無様なダンスを晒《さら》して、観客に呆《あき》れられる。

そんな未来が見えた。

……それでもいいかなって、思ってしまった。

もう十分に頑張った。誰も俺を責めないだろう。身体はもう限界で、この地獄のような時間から解放されるのなら、諦めてもいいかなって……そんなことを思った。

だけど。


「…………………？」


おかしい、と思った。

心はもう諦めて、頭はもう考えることをやめているのに――。

それなのに俺は、ダンスを踊り続けていた。

耳から入ってくる音のリズムを摑まえて、身体が勝手に動いている。まるで本能のように、反射のように、何かに導かれるように、身体がダンスを覚えている。

『ねえ、流斗』

手放しかけた意識の中で、声が聞こえた。

思い出の中を探ると、そこにはツンと澄ました顔で腕を組んだ女の子がいた。

『新しいセットを考えてきたんだけど、一緒に練習しない？』

どうして身体がダンスを覚えているのか。

その答えがそこにはあった。

「………………はっ」

冷たくなりかけていた手足に、力が戻っていくのを感じる。

自分の単純さに呆れた。この極限の意識の中で、女の子の声を思い出して元気が出るなんて、そんな自分の情けない意地の張り方に苦笑じみた声が漏れた。

……うん、頑張ろう。

……もう少しだけ、頑張れる。

消えかけた意識の中に明確な炎が見えた。大きな炎とはいえない。今にも消えてしまいそうな、ゆらゆらと揺らめく蠟燭《ろうそく》のような炎。

でもそれを、絶対に絶やすなと言い続ける。

ボロボロの身体《からだ》で、薪《まき》となるような意志を燃やす。
ゴールは見えない。
時間の感覚なんて、とっくのとうになくなった。
それでも俺はダンスを踊る。
踊る。踊る。踊る。
……ああ、やっぱりダンスは楽しいなぁ。
達観したような声が頭の中に流れて、ヘッと口角が上向いた。
でも。

「――――――――――――――――――――――あっ」

ずるり、と足を滑らす。
汗だった。
ステージに散っていた自分の汗に足を取られて、バランスを崩した。
身体が傾いてから、数コンマ遅れてそれに気づく。
反応する余力なんて残っていなかった。
頭から倒れ込む。

迫り来る床にそれだけを察して、半ば無意識に衝撃に備える。

だけど。

「よく頑張ったね、ルーくん」

誰かが、俺を支えてくれた。

いや、誰かじゃない。その声が誰のものかすぐにわかった。

朦朧とする意識、滲む視界、そんなものでは彼女の輝きを眩《くら》ますことなんてできない。

「………せい、ら……?」

「少しだけ休むといい。ルーくんにはまだラストダンスが残っているからね」

「……でも」

「大丈夫、任せてくれ。誰も逃したりしないよ。ルーくんの頑張りを無駄にはしない」

それだけを言って、星蘭は俺を優しくステージ裏へと連れて行ってくれた。

すぐに星蘭はステージに戻る。

声がした。太陽みたいに輝いた、星蘭の声だ。

マイクなんて使っていないのにその声はよく響いて、その度に歓声や、大きな拍手が舞い起こる。

………ああ、やっぱ星蘭はすごいなぁ。

俺がこんなにもボロボロにならなきゃできなかったことを、こんなにも簡単に――。

いや、違うな。

頭をよぎった嫉妬や羨望に蓋をする。今、考えるべきはそれじゃない。

俺にしかできないことがある。

それは背後のステージを羨むことでも、自分の力不足を嘆くことでもない。

目の前に、その子はいた。


「流斗」


泣き腫らした瞼《まぶた》はすぐには戻らない。

でも、決して目を逸《そ》らすようなことはしていなかった。

強い瞳をした女の子だった。

弱いところを隠すように、強がりな笑みを浮かべる女の子だった。

泣いていたのは丸わかりなのに、それでもまっすぐに俺のことを見ていた。

傷ついて、それでも立ち上がってきた。

それがすぐにわかった。

「待たせたわね」

「……いや、待たせたのは俺だよ」

俺が蹲《うずくま》っていた時間を考えれば、これくらいの待ち時間なんて大したことない。

ずっと報いたいと思っていた。

ダンスを辞めた俺を、乃羽は諦めずに、ずっと待ってくれていた。

もう一度、本当の意味でその隣に戻るためには——。

「ねえ、流斗」

きっと乃羽《のわ》も同じことを思ったんだろう。

イタズラっぽく笑いながら、あのときと同じようにツンとした声で言った。

「あたしに、ダンスを教えてよ」

俺たちの関係が始まった日の言葉。

俺たちがパートナーになることが決まった、そんな始まりの言葉。

やり直そう。そう思った。

何度も間違って、何度も道を踏み外す、そんな失敗だらけの俺たちだから。

その度にこうやって確かめて、一緒に前へと進むための約束を交わし直そう。

俺は手を差し出した。

その手を、乃羽は強く握ってくれた。

「じゃあ、まずは笑おうか」

「……うん……うん……っ」

その手の感触を、もしくはもっと大きな何かを確かめながら、乃羽は笑った。
瞼はまだ腫れたままの、不器用な笑顔だったかもしれないけど。
強く固めた何かが溶けたかのように。
無防備な、でも魅力的な、見惚《みと》れるような笑みをそこに浮かべた。
「んじゃ、行くか」
「ええ、見せつけてやりましょう。あたしたちのダンスを」
手を繋《つな》いだまま、俺たちはステージへと向かう。
音と光に弾《はじ》けた、この世界で最も楽しい大空へと挑んでいく。
きっとふたりでなら、どんな場所にだって行けるはずだから。
きっと俺たちなら、最高のダンスを踊ることができるはずだから。
握った手の感触を翼に変えて、俺たちは星空に向かって飛び出した。
——さあ、ダンスを踊ろう。

今更だなぁ、って話だけど。

つくづく自分は不器用な女の子だなって思う。

大層な理由付けなんていらなかった。

物語の配役だとか、自分の立ち位置だとか、そういう面倒くさい定義に惑わされる必要なんてなかったんだ。

あたしが本当に求めていた場所は、遙《はる》か遠くの星空なんかじゃない。

すぐ近くで楽しそうにダンスを踊る男の子の隣だった。

一緒に踊って、ふと目が合ったときに微笑《ほほえ》みを交換できるみたいな。

そんなちっぽけなことで満足できるくらいに、あたしは単純な女の子だったんだ。

こんな簡単なことに気づくのに、随分と遠回りをしたと思う。

でもきっと、その遠回りだって無駄じゃない。

傷ついた過去も、失敗の時間も、あたしたちが本当の意味で相棒になるための経験で。

そんな日々を積み重ねて辿《たど》り着いた今は。

何も膝をつかずに歩み続けた景色よりも、ずっと輝いて見えるはずだから。

さあ、自分を見つめ直す時間はもう終わり。

ここから先は前を向こう。

涙で腫れた目元を見せるのは少しだけ恥ずかしいけど、ここで瞼を閉じてしまうのはきっともったいない。

流斗《ると》の隣で踊れるのはあたしだけだ。
この場所からの景色はあたしだけのものだ。
光と音に弾けたステージ、そこから見える世界には溢《あふ》れ返るような眩《まぶ》しさがあって。
すぐに自分の居場所を見失いそうになるから、握った手に力を込めよう。
その温かさを確かめて、迷子にならないように名前を呼ぼう。
流斗。
こっちを見た彼の瞳は笑っていて、あたしもそこにめいっぱいの笑顔を返す。
あたしの夜空に流れ星はいらない。
あたしの願いを叶《かな》えられるのは、隣で笑っているダンスが大好きな男の子だけだから。

ねえ、ダンスを踊ろう？
今日も、明日も、これから先も。
いつまでも一緒に笑い合えるような、そんな楽しいダンスの話をしよう？

終章　星に小さな我儘を

My cute and annoying childhood friend from America is making me dance again today.

「というわけで、ルーくんのことは私が褒めてあげよう」

「どういうわけだよ」

一週間のダンス合宿から帰ってきて、俺たちの日常も戻ってきた。

舞織《まいおり》家のリビング。テレビを挟んだソファ。

高級とはいえない抵抗感のあるスプリングに倒れ込んでいた俺は、急に変なことを言い出した星蘭《せいら》へと半眼でツッコミを入れる。

「いやなに、ルーくんは今回すごい頑張った。頑張った人にはご褒美があって当然だ。等価交換。ギブアンドテイク。論功行賞。目には目を歯には歯を。罪には罰を。この素晴らしい世界に花束を。古くから伝わるこの世界の法則さ」

「後半三つくらい可笑《おか》しいの交ざってなかったか？」

首を捻《ひね》る動作の延長で身体《からだ》を捻ると、全身に電流のような痛みが走った。

これこそが俺がソファで横たわっている理由。頑張った代償。身も蓋もなく言ってしまえば極度の筋肉痛である。一時間を超える連続のダンスはブチブチと俺の筋細胞を引きちぎってくれたらしい。身じろぎをするだけで身体は激痛を訴え、この家に帰ってくるのにも星蘭の肩を借りてどうにかといった具合である。

しばらくは安静にしよう。

自らの超回復に全てを任せ、行き着いた先こそがこの姿勢。横倒しになり、身体全体でソファを感じるこの体位こそが最も筋肉に負荷のかからない理想の脱力姿勢。溜《た》まった疲労も相まって、うとうとと意識の奥底に睡魔の呼びかけも聞こえてきたところで――。

「よいしょっと」

何とも気の抜けた掛け声と共に俺の頭を持ち上げられて――。

そのまま、ぽすんっと星蘭の柔らかい膝に乗せられる。

膝枕の完成である。

「…………おい」

「よしよし、ルーくんはよく頑張った。偉い、偉いぞ～」

「やめろ、恥ずかしい」

星蘭の手が俺の髪をくしゃくしゃと撫《な》でる。

乱暴な、まるで大型犬と戯れるみたいな手つき。

言いようのない羞恥の感覚に、顔に熱が溜まっていくのがわかる。

「ふふっ、気分がいいぞ。身動きのできない男の子を一方的に嬲《なぶ》るというのは、なかなかに高揚するものだな。変な性癖に目覚めてしまいそうだ」

「おい、俺へのご褒美って話はどこいった」

別に膝枕を受け入れるつもりはないが、俺をオモチャにして勝手に楽しまれるのは納得いかない。俺は筋肉痛の被害が薄い腕を伸ばして星蘭の愛撫《あいぶ》を止めようとするが――。

「少しくらいは甘えてくれ」

その絞り出すような声に、逆に俺の手が止まってしまう。

星蘭は寂しく微笑んだまま俺の顔を見下ろしていた。

中途半端に止まっていた手に、細く長い女の子の指が絡んでいく。

「私は不安なんだ。ルーくんは無茶をし過ぎる。他人には無茶をするなと言うくせに、自分の身体を傷つけることには容赦がない。今回なんてまさにそれだ。もっと自分を大切にしてほしい。ルーくんが傷ついたら悲しむ人がいることを、今、知ってほしい」

「……」

絡んだ指先から伝わる熱に、星蘭の本気さを感じ取った。

心配を、させてしまったのだろう。

こちらを見下ろす星蘭の顔は、あまり俺の見たくない表情――。

ずっと笑っていて欲しいと思っていた女の子が、痛みを堪《こら》えるように瞼を伏せていた。

「………悪い」

「謝るのも違う。乃羽のために無茶をした、その頑張り自体を否定するわけではない。一番頑張ったルーくんが謝るなんて、そんなエンディングだけは絶対に駄目だ」

「……じゃあ、どうしろってんだよ」

「だから言っているだろう。私にもっと甘えてくれと」

珍しく、星蘭の瞳にふざけた色がなかった。

……甘える、甘えるか。

言われて初めて、甘やかされることに慣れていない自分に気づく。甘えるってなんだろう？　哲学チックになってきた思考に目を回していると、そんな俺の様子に呆《あき》れたのか星蘭がやれやれと肩を竦《すく》めた。

「難しく考えなくていい。今思った、私にしてほしいことを言ってごらん」

言われた通りにする。

難しいことは考えない。ぼやーっと思考力を落として、なんとなく、こうだったら幸せだろうなーってお願いを口にしてみる。

「膝……」

「ん？」

「このまましばらく借りてていいか？　筋肉痛で、ベッドまで行くのも大変だから」

星蘭がきょとんと目を丸くする。

「そんなことでいいのかい？」

「そんなことがいいんだよ」

このお願いが最も星蘭を近くに感じるから……なんて、絶対に口にはできない理由を心の中で小さく呟《つぶや》く。

星蘭はやっぱり呆れたように笑って、それから優しく俺の頭を撫でてくれた。

「好きなだけ使うといい。レンタル料は、ルーくんのダンスの見物料でチャラだ」

「そりゃ助かる」

了承を得て、俺は瞼《まぶた》を閉じた。

頭で感じる幼馴染《おさななじみ》の温かさは俺を包み込んでいるかのようだった。友達を助けるなんて当たり前で、そこに貸し借りなんてなくていい。

そう思っていたけど、この優しい時間のためになら、次はもっと頑張れるような気がする。安い思考だと笑われるかもしれないけど、そんなことをぼんやりと思った。

意味のある思考はそこまで。

包まれるような温かさに、俺の意識は次第に落ちていく。

ぼやぼやとした微睡《まどろ》みの中、意識を完全に手放す、その寸前——。

「おやすみ、ルーくん」

俺の頰に、温かいなにかが……触れた…………気が…………。

あとがき

皆さまこんにちは、作者の六海刻羽《りっかいときわ》です。

今回は乃羽《のわ》に焦点を当てたお話。自分の気持ちに素直になれない女の子が本当に欲しいものを見つけに行く……いや、本当に欲しいものに気づくための物語でした。

強がりで優しい女の子はいつだって誰かのために頑張ろうとして、見上げた空を自分で狭くしてしまいます。彼女の背中に生えている翼にそんな限定された空は似合いません。乃羽が本当の意味で自由に空を飛ぶためには、まだまだ流斗《ると》に頑張ってもらわないといけませんね。頑張れ主人公！

ダンスで繋《つな》がった彼らの関係は進んだように見せかけて、ようやくスタートラインへと立ったばかり。いつだってボロボロの青春を駆け抜ける彼らに、何の波乱もない未来なんて訪れることはないでしょう。

傷ついて、間違えて、蹲《うずくま》って、それでも立ち上がって星に向かって手を伸ばす。その選択がどんなに間違っていたとしても、何かを目指して努力をしたその頑張り自体はきっと誰にも、自分にだって否定できない尊いものだと思います。

流斗たちにはそういう子たちであって欲しいし、作者である自分もそんな彼らに恥じないような努力する人間を目指していきたいです。そして願わくば、この物語が読者の皆さまの頑張る心に火をつけるようなものになってくれたら素敵だな、と。

そんな妄想を星に願いながら、これにてあとがきを結ばせて頂きます。


では、遅ればせながら謝辞を。

イラストレーターのこむぴさま。今回も『アメおど』の世界を素敵に彩ってくださりありがとうございます。可愛《かわい》い服をたくさん着せて頂いて星蘭《せいら》たちも喜んでおります。彼女たちを代表して、自分の方から改めて感謝を述べさせて頂きます。

続いて、オーバーラップの編集部さま。今回もたくさんのサポートをしてくださった担当編集さま。刊行にあたって力添え頂いた関係者の皆さま。そして何より本作を見つけてくださった読者の皆さまにこの上ない感謝を。

いつかどこかの星空で、また一緒に流斗たちのダンスを見れることを祈りながら。

それではまた、次の物語でお会いいたしましょう。

OVERLAP

アメリカ帰りのウザかわ幼なじみが今日も俺を踊らせてくる 2

発　行　2024年11月25日　初版第一刷発行

著　者　六海刻羽
発行者　永田勝治
発行所　株式会社オーバーラップ
〒141-0031　東京都品川区西五反田 8-1-5
校正・DTP　株式会社鷗来堂
印刷・製本　大日本印刷株式会社

Printed in Japan　ISBN 978-4-8240-0991-3 C0193